跨度小说文库
*Kuadu Fiction Series*

跨度小说文库
Kuadu Fiction Series

BASHIYIMEI
JINBI

# 八十一枚金币

王智君——著

中国文史出版社

# 自　序

　　该写的都写了，亲爱的读者，只要你看我的作品，就能读懂我的内心世界。

　　我写每一篇作品，都投入了真挚的感情，写作中多次流泪，完稿后久久不能自拔。

　　因为，我知道这样一个浅显的道理：要想让作品感动读者，首先要感动作者自己。

　　我敢肯定地说，我写的东西对得起自己，对得起读者，对得起未来。

　　我要感谢这么多年关心我、帮助我的老师和我的亲朋好友。

　　最要感谢的就是我的妻子小红。她是在我穷尿血的情况下，看上我、爱上我的。

　　爱上我的理由，现在看来也非常好笑，她说我的小眼睛充满智慧的光芒，说我有梦想，说这个比物质财富更重要。

　　借助爱情的力量，我实现了梦想。她比我都感到幸福。

俗话说，男怕干错行，女怕嫁错郎。由此看来，我干对了行，她嫁对了郎，这要是不知足，脑瓜子一定让飞机翅膀刮了。

小红嫁给我后，为了过上好日子，她走街串巷卖过冰棍、养过鸡，吃了不少苦。知根知底儿的好哥们儿常对我说，你要是对小红不好都丧良心。

丧良心的事咱不干，就干讲究的事儿，对妻子好的事儿，影响深远的事儿。


记得2012年，我写短篇小说《八十一枚金币》，一不小心，它被搬上了银幕。

导演给我寄来电影光盘，电影光盘拿在手上，兴奋得直哆嗦。

我一个放牛出身，哪享受得了这么大的喜事？

我去新玛特影院，要亲自目睹这一"光辉的成就"。

影院经理一听我要看自己写的电影，愣了半天，他以为听错了。

当我再次说了我的意图后，他伸出大拇指："电影院开好几年了，头一次遇到这事，你干了这么大的事，我陪你看。"

四号放映厅里就俩观众，一个是我，另一个是经理。

一个半小时的电影演完了，我的眼泪还在流，这是控制不住激动的结果。


导演又打来电话，说央视于2012年1月7日8时40分播放《八十一枚金币》。

这一天，我和小红早早坐在电视机前。

电影开始了，我和小红的眼睛都湿润了。

我找出一瓶平时舍不得喝的高档红酒，还有两只大高脚杯。杯里倒了大半下红酒，我提议喝交杯酒，小红胳膊伸进我的臂弯，我俩一饮而尽，然后彼此对视，双方都已泪流满面。

我大喊一声："亲爱的，你辛苦了！"

妻子一下扑上来，我们紧紧抱在一起！

王智君

2019 年 11 月于佳木斯

# 目　录

## 短篇小说

短篇小说

# 八十一枚金币

早晨的阳光透过窗玻璃照在丫丫的脸蛋上。蒙眬中，她伸出小手去摸旁边的妈妈，一摸没摸着，再摸，还是没有。她突然醒了，一看昨晚还搂着自己睡觉的妈妈没影儿了。

她扑棱一下坐起来，感觉天塌了，整个院子震荡着她号啕的哭声……

一

奶奶噘着嘴，骑着小三轮车在前面走，孙女丫丫满心不乐意地在后面跟着。

走着走着，奶奶停下车，把丫丫抱起来，没好气儿地说："你这小屁孩，气死人了。"

丫丫的两条小腿蹬踹着："不上车，不上车，我要妈妈，我要妈妈……"

奶奶把丫丫往地上一撂："你作吧，没人管你。"

3

这条处在城乡接合部的土路很脏——废纸片、旧布头、碎砖头瓦块儿到处都是。过往车辆掀起的尘土呛得人喘不过气来,尘土扩散开去,挂在路两侧的庄稼茎叶上。

丫丫走走停停,有意与奶奶拉大距离。她对奶奶一家有一种很强烈的怨恨。

她恨爷爷得癌症,为给爷爷看病,家里花光了钱,还拉了数不清的饥荒。没有那些饥荒,爸爸妈妈就不能狠心撇下她去北京打工。

她还恨奶奶,恨奶奶一天到晚忙忙碌碌生豆芽,生完豆芽就拿到农贸市场上卖,根本不拿她为重……

丫丫与奶奶犯倔的时候,又想起妈妈,她想妈妈拍着她睡觉,想妈妈给她讲故事,想妈妈亲她脸蛋那种美美的感觉。想着想着,一对一双的眼泪吧嗒吧嗒掉在地上。

她抬头看见奶奶骑车的速度放慢,知道是有意等她。她认为她犯倔得逞了,于是,她更加不紧不慢起来。

丫丫这一招,真让奶奶着急了。奶奶扭头再次唠叨:"小祖宗,你快点行不行啊?"

丫丫假装没听见。她一边走着,一边东瞅西望,看到路边躺着一个矿泉水瓶儿,踢着玩,有意刹后,继续拖奶奶的后腿。

一个、两个、三个……矿泉水瓶儿多起来,她两只脚踢不过来了,不得已,伸手捡起矿泉水瓶儿,一个一个抱在怀里。

怀里已经抱着四个了,脚下踢着一个,她抬头望一眼,看到奶奶已经停下等她。她心里涌起胜利的小喜悦。

奶奶能停下等丫丫,证明拿丫丫为重了。然而,机灵的丫丫绝不会把喜悦表现在脸上,她怕奶奶发现她的小得意,一旦被奶奶发现了，以后奶奶就不会惯着她，为此，她依然是磨磨蹭蹭。

突然，奶奶朝丫丫喊："小心身后的车！"

别看丫丫拿奶奶其他话当耳旁风，如果她不躲着过往的车，哪怕是自行车，奶奶就会急眼。奶奶急眼的样子那是十分可怕的，后果也是相当严重的，为这，她曾经被奶奶掐过。

想到这儿，丫丫扭头朝身后看了看，果真有车，是一辆收废品的小牛车。赶小牛车的是一个长胡子老爷爷。

长胡子老爷爷看到丫丫怀里抱着好几个矿泉水瓶儿，一下从车上跳下来，他主动和丫丫打招呼："小丫头，矿泉水瓶儿卖给我吧，一毛钱一个。"

丫丫一听，心里一阵惊喜：矿泉水瓶儿能卖钱！

她马上哈腰捡起脚下踢着的矿泉水瓶儿，迎上与她打招呼的长胡子老爷爷。

长胡子老爷爷喊停拉车的牛，把鞭子夹在腋下，走到丫丫跟前，看了一番说："你一共有五个矿泉水瓶儿，一个一毛，五个五毛，我给你一枚五毛钱的金币。"

丫丫从老爷爷粗糙、脏兮兮的手里接过金币，心里乐开了花。她小手紧紧捏着这枚金光闪闪的五毛钱硬币，反复看着。

她马上想到：妈妈是为挣钱去北京打工的，自己能帮妈妈挣钱了，妈妈就能早点回来！

丫丫一溜小跑追上奶奶。

奶奶气儿还没消，瞪了她一眼，随后把她抱上三轮车。

不一会儿工夫，这条城郊的土路上就有了一老一小的说笑声。

"奶奶，你看，这是我卖矿泉水瓶儿挣的金币。"

"那不是金币，是五毛钱硬币，硬币是用铜做的，看起来金光闪闪的。"

"是金的是金的，芝麻开门里的金币就是这样的，那里的金币有魔法，我这枚金币一定也有魔法。"

奶奶犟不过孙女，只好点头默认："我的小祖宗，你说是金币就是金币，你手拿的那枚就是有魔法的金币！"

奶奶这么一说，丫丫乐了，乐得神采飞扬。她让奶奶转过头，奶奶按照丫丫的要求做了，丫丫照着奶奶的脸使劲地亲了一下："我有金币了，金币有魔法了！"

大清早，奶奶往车上搬豆芽筐，丫丫光着小脚丫噔噔跑向奶奶，并把金币举过头顶，疑惑地问："这枚金币的魔法不灵，我的愿望在心里念叨了半宿也没实现。"

奶奶心里明白：丫丫想妈妈了。

想到这儿，奶奶琢磨出一个长远的理由哄丫丫，就煞有介事地说："一枚金币哪能有魔法，得八十一枚。"

丫丫瞪大眼睛："为啥呀？"

奶奶一脸的严肃："你没看《西游记》吗？唐僧西天取经，遭了九九八十一难。遭了八十一难才能修成正果，实现心愿。你得攒够八十一枚金币，攒够八十一枚金币，才能有魔法！"

丫丫来了精神："真的吗？"

"那当然，金币只有你自己挣的才算数。"奶奶想了一下，做了补充。

听奶奶这么一说，丫丫感觉有了奔头，她拍起小手，高兴地嚷嚷起来："太好了，太好了，那我就攒够八十一枚金币！"

# 二

打这以后，丫丫再跟奶奶去农贸市场卖豆芽，就不像往常那样好跟奶奶要赖皮了，而是瞪大眼睛，左瞅瞅右看看，见到矿泉水瓶儿像见到妈妈一样亲。

每捡到一个，她就噔噔撒腿跑向奶奶，把矿泉水瓶儿放在奶奶的脚下，不忘叮嘱奶奶："一定看好了，别弄丢了。"

奶奶说："丫丫的宝贝瓶儿，哪能不看管好。"

丫丫听了，一蹦一跳地走了。她像一只勤劳的小蜜蜂，忙着采花蜜。

太阳卡在西山口，奶奶的豆芽卖完了。这个时候，她直直腰，冲着没捡够瓶子的丫丫喊："回家喽，回家喽……"

丫丫听到了，拿着捡到的瓶子"噔噔"跑回来，累得她脑门儿和鼻子尖挂着细密的汗珠。

奶奶找来手巾给丫丫擦了擦脸，接着就往三轮车上搬筐，搬电子台秤，搬小凳子。

丫丫则忙着把她捡来的矿泉水瓶儿装上车，还不住地提醒奶奶："别让其他东西压着我的宝贝瓶子。"

奶奶唠叨："小祖宗，不能啊。"

丫丫不放心，恐吓起奶奶："如果把我的宝贝瓶子压坏了，我就不理你了。"

奶奶一指丫丫脑门儿："你这个没良心的。"

丫丫反驳："我有良心，吃好吃的时候，我都分给你了。"

奶奶连连点头："好好好，你有良心，有良心的赶紧上车吧。"

丫丫爬上车，嘴上嚷嚷："去卖瓶子了。"

丫丫第一次卖瓶子，是在回家的土路上。她记清楚了，在一处石头桥的桥头。

这次，再次途经石头桥，丫丫赶紧喊奶奶停车。

祖孙二人在桥头驻足了半天也没见到收废品的长胡子老爷爷。

奶奶着急要走。

丫丫执意还要等一等。

奶奶说："小祖宗，奶奶饿了，瓶子攒多一起卖行不？"

丫丫说："我一点也不饿。"

突然，丫丫蹦起来："长胡子老爷爷来了，长胡子老爷爷来了！"

奶奶手搭凉棚一瞧，可不是咋的，收废品的长胡子老人赶着小牛车来了。她冲着急不可待的丫丫说："这个小人精，眼神怪尖的。"

丫丫抱着十多个矿泉水瓶儿跑向小牛车，离长胡子老爷爷还有一段距离，她就开始埋怨："爷爷，你咋来晚了呢，我都等你半天了。"

长胡子老爷爷说："傻孩子，这两天赶巧了，我这个钟点回家，有的时候，我很晚才回来，你以后可千万别在这儿等。"

丫丫不知如何是好了："那咋办呢？"

长胡子老爷爷一边数丫丫抱来的矿泉水瓶儿，一边说："别着急，一会儿我和你奶奶合计合计。"

长胡子老爷爷从兜里掏出两个五毛钱的金币，还有三个一毛钱的银币（一毛钱钢镚）。他往丫丫小手里一摁："这次，你一共送来十三个瓶子，一个瓶子一毛，十三个就是十三毛。给你两枚金币，三枚银币。"

丫丫一看三枚银币，不是心思了："我不要银币，我就要金币。"

长胡子老爷爷蹲下身："五枚银币换一枚金币。你攒着，攒够五枚银币，我就给你换一枚金币。"

丫丫流露出半信半疑的神情。

长胡子老爷爷伸出手："拉钩。"

丫丫伸出小手指，与老爷爷拉了三下钩。

这个时候，奶奶走过来，与长胡子老爷爷打招呼。

长胡子老爷爷笑了笑，对丫丫的奶奶说："这孩子精灵着呢，就是一根筋（认死理）。"

奶奶说："别看她只有六岁，能耐大着呢，不听话，还好作人。"

丫丫向奶奶做个鬼脸儿，长胡子老爷爷和奶奶都笑了。

长胡子老爷爷说："丫丫捡的瓶子不用一天一送，攒着就行，我抽空去你家收。"

丫丫听了，向长胡子老爷爷投来反对的目光："坚决不！"

奶奶说："为啥呀？"

丫丫吭哧半天，终于道出实情，她要每天都收到新的金币。

奶奶说："你这个小屁孩，说啥就是啥呀？不同意也不行。"

丫丫一看硬的不行，改变了方式，突然，她瘪着小嘴，眼泪噼里啪啦往下掉。

长胡子老爷爷受不了了，他说："行了，如果在这路上，你们遇不到我，傍晚我去你们家收。都在这片儿住，彼此离得不远。"

奶奶忙拦住长胡子老爷爷的话："那咋好意思。我们等不着你，就送你家去。"

长胡子老爷爷一挥手："对，两来着。我方便，就去收；你们方便，就送来。"

丫丫马上不哭了，她对长胡子老爷爷说："我自己也能找到你家。"

奶奶拉起丫丫的小胳膊："你能耐大了，半道儿让人贩子抱去咋办？"

三

晚上，奶奶忙活完活计，盘腿坐在炕头。她戴上老花镜数着卖豆芽的钱。

丫丫也跟着凑热闹，她很认真地数着自己卖矿泉水瓶儿的钱。

奶奶的钱比较乱也比较杂，有零毛的，有整块的；材质有纸的，还有铜的、铁的、铝的。

丫丫的钱清一色金灿灿，时不时发出相互碰撞的"当当"声响。

奶奶数钱是默默的，丫丫数钱直嚷嚷。

奶奶在自己的钱堆里拣几枚金币"当啷"扔到丫丫的钱堆里。

丫丫不乐意了，执意挑出来，扔回奶奶的钱堆儿："自己挣

10

的金币才心诚，心诚才有魔法！"

为防止奶奶的金币"混到"自己的金币堆儿里，丫丫搜来一个枕头隔在两个钱堆儿的中间。

金币一天天多了起来。奶奶担心丫丫把金币弄丢了，找来一块红绒布，缝制小钱袋儿。

丫丫看了，高兴得围着奶奶直撒欢。

前院小卖部的老板娘推门而入，她进屋就说："丫丫妈来电话了，说想孩子了。"

奶奶放下手头的针线活儿，要去接听电话，想不到她刚起身就被丫丫摁住了："我去就行，你别耽误给我缝钱袋儿。"

奶奶冲丫丫一努嘴："你这个小人精，快去快回，接完电话就回来，不许可哪儿走。"

丫丫来到小卖部，直接扑向电话，她快速拿起话筒："妈，我都想你了。做梦都梦见你了，你领我去逛商场，给我买了花裙子、好玩具，还去了儿童公园，抱着我坐大转轮……正玩得高兴，让奶奶把我叫醒了……"

"小宝贝做的梦真像样，听奶奶的话，别惹奶奶生气，等妈妈挣钱多了，就去给你买花裙子，还抱你去儿童公园，让你玩个够……"听筒里传来妈妈甜甜的、暖暖的声音。

与妈妈通完话，丫丫心里美滋滋的，她一溜小跑回到家，没等向奶奶报信，奶奶先问她了："你妈在电话里都说啥了？"

丫丫绷着小脸想了想说："妈妈不让你总欺负我。"

奶奶手拿针划拉一下头发，笑了："你这个小人精，这话不是你妈说的，是你说的。"

奶奶又问："你当妈妈说啥了？"

丫丫来了兴致："我当妈妈说了我做梦的事。我说，梦里妈妈领着我去逛商场，买了花裙子，还抱着我去了儿童公园，坐大转轮，刚要买好吃的，就让你叫醒了！"

奶奶说："我不叫醒你，你又尿炕了。"

丫丫使劲瞪了奶奶一眼，装出生气的样子。

"大宝贝，奶奶说错了。大宝贝这么懂事，哪能尿炕，是奶奶端茶杯，茶杯里的水不小心洒了，洒在炕上了。"奶奶打一巴掌马上给个甜枣吃。

丫丫扑哧一声，笑了。

奶奶把小钱袋儿缝完了，小钱袋儿是个"心"的形状。丫丫拿它在自己胸前比量着，显得幸福无比。

随后，她把金币一枚一枚装进小钱袋儿里。装完，小钱袋儿沉甸甸的，她舍不得撒手，晚上睡觉，她也要把它紧紧贴在胸口。

有小钱袋儿陪伴，丫丫睡得可香了。


四


为了能尽快攒够八十一枚金币，渐渐地，丫丫的身影开始脱离奶奶关照的视线。有几次，奶奶感觉丫丫走了好半天也没回来，不得不丢下豆芽摊儿去寻找。寻找老远，才在车水马龙的大道上发现丫丫。

丫丫捡矿泉水瓶儿着魔了，不肯离开，奶奶硬把她拽回来。奶奶一遍一遍地提醒："别去人多的地方，别去车多的地方，别走得太远。"

丫丫当面点头，表示听话，可是过后就不管不顾了。

一天晚上，丫丫可能是跑得太累了，没数完金币就睡着了。奶奶偷偷把六枚金币塞进她的小钱袋儿。

奶奶的良苦用心，无非是早点帮丫丫攒够金币，怕她这样认死理下去，不累坏了，也得走丢了。

没想到，第二天丫丫在数金币的时候，发现多了。她不用猜就知道是奶奶搞的鬼。她"炸庙"（急眼）了，手扒脚挠，连哭带号。她怪奶奶的金币伤害了她的诚心，破坏了金币的魔法，导致她梦里见不到妈妈了。一直到奶奶如数从她的小钱袋儿里拿回金币，并且认了错，她才罢休。

丫丫一天忙忙叨叨不得闲，全是捡矿泉水瓶儿换金币那些事儿。

奶奶望着丫丫晒黑的小脸蛋和消瘦的小身板，深感无能为力，背着丫丫偷偷唉声叹气。她有些后悔了，不该编一个金币与魔法的故事，更不应该用这个故事哄骗孙女。

然而，细一想，奶奶心里也有些慰藉，丫丫懂事多了，儿子和儿媳，还有自己能安心做事，偿还了一大笔饥荒。

太阳西下，一道道金光从火红的晚霞里折射下来，照在城郊的土路上。

丫丫坐在奶奶的小三轮车上，舞动脏兮兮的小手，神采飞扬地哼呀着："世上只有妈妈好，有妈的孩子像块宝，躺在妈妈的怀抱，幸福少不了……"

奶奶扭头，脸一沉，说："你这个没良心的小屁孩，晚上睡觉，你没躺我怀里?"

丫丫脑瓜够灵的，她恍然大悟，急忙摆手说："唱错了，唱错了，我重唱。奶奶你听好："'世上只有奶奶好，有奶奶的孩子像块宝，躺在奶奶的怀抱，幸福少不了……'"

奶奶忍不住，笑了，脸上乐开了花："呸，你这个小人精！"

## 五

随着时间的推移，丫丫的金币在不断增多。由于上次奶奶偷着往她小钱袋儿里塞金币，她认为破坏了她的魔法，这回她保密起来，她不让奶奶看她的金币，更不让奶奶数，只有她自己掌握有几个九了，等到九个九就是八十一了。那时她再让奶奶数，数够了，魔法就会显灵，她的心愿也就实现了！

丫丫捡矿泉水瓶儿，从怀抱着捡，到挎着筐捡，最后发展到背着塑料编织袋儿捡。相对而来的是，她走的道越来越远，去的地方也越来越多。

火车道在农贸市场南面，丫丫听到火车"轰轰隆隆"的通过声，联想到，坐火车的人都得喝水呀，喝矿泉水的一定多。乘客喝完水，瓶子就会从车窗扔出来。

对，去铁道边捡矿泉水瓶儿，那里一定多。她狠了狠心，独自一人去了火车道。

火车轰隆隆地过往，带起的大风险些把她卷走。她从路基上边挪到路基下边。即便这样，一有火车通过，她感到脚下的地都在颤抖，耳膜被震得麻酥酥的。

丫丫认真寻找，寻找半天也没有找到一个矿泉水瓶儿。她想不明白，这里咋没有瓶子？

突然，丫丫脚下一滑，一片儿锋利的怪形玻璃碴穿透了她的鞋，扎到了她的脚。她忍着剧痛，找块平坦的地方坐下，脱下鞋一看，鞋底被鲜血浸红了一片。

脚上的伤口依然在往外渗血，这时候，丫丫害怕了，她听大人说过，流血多了，人就会死。她哭了，她怕死了见不到妈妈了。

一名铁路巡道工经过此地，看到一个小女孩在路基下哭，赶了过来。一了解，小女孩叫丫丫，她的脚受伤了。一检查伤口，吓了巡道工一跳，伤口挺深。

没用多想，巡道工撕一圈自己的白背心，给丫丫包扎上。巡道工问丫丫："跑到火车道这儿干啥?"

丫丫一五一十把捡矿泉水瓶儿攒金币的事说了。

巡道工叹息一声："可怜的孩子。"

伤成这样，丫丫难以行走了。巡道工背起她，奔农贸市场而去。

趴在巡道工背上的丫丫还没忘捡矿泉水瓶儿的事儿，她问："叔叔，为啥铁路边没有矿泉水瓶儿啊?"

巡道工说："傻孩子，列车上早就不让窗外抛物了，不让窗外抛物，哪还有瓶子可捡。"

失落的丫丫想起一件重要的事情，她赶紧弥补："谢谢叔叔!"

巡道工把丫丫送到农贸市场，不巧的是，丫丫奶奶不在。一旁的摊贩说："老人一看孙女好半天没回来，正在到处找呢。"

巡道工向摊贩交代一声，背着丫丫去了农贸市场南侧的卫生所。

卫生所的大夫对丫丫的伤口进行了处置，这时候，丫丫的奶奶也赶来了。

奶奶获知丫丫受伤的情况，以及巡道工搭救的经过，先是手啪啪拍着胸口："吓死我了。"

随后，她又紧握巡道工的手："救命恩人，太谢谢了。"

巡道工一再说："没啥，没啥。"

送走巡道工，奶奶转身问大夫："我孙女的伤严重不？"

大夫说："挺严重的，三天来换药，两周才能好。"

奶奶走到丫丫跟前，嘴几乎贴上她脸了："吓死奶奶了！你要长记性。"

两周后，丫丫脚的伤口好了。好可是好了，奶奶不让她到处乱跑了，限定她在农贸市场范围内活动。

# 六

丫丫像小鸡觅食似的，在农贸市场边角旮旯踅摸矿泉水瓶儿。她眼睛累得涩涩地疼，即便这样，她也不放过任何一个角落。

好半天才捡了两个，丫丫想不明白：以前不捡的时候，随处都能见到矿泉水瓶儿，现在需要了，咋这么难找哇？

不知不觉，丫丫走到一个胖女人身后，胖女人与卖菜的讨价还价。价格谈妥了，她掏钱算账，不想手从兜里掏零钱的时候，带出一张百元大票，这张百元大票飘落在丫丫跟前。

丫丫赶忙捡起，喊："阿姨，阿姨！"

胖女人手掐着零钱继续讲价，钱掉了，她根本不知道。丫丫干喊她，她也没听见。

情急之下，丫丫上前一步，用小手拽了拽胖女人的白裙子。

这回胖女人很敏感，她回过头，一看自己洁白的裙子被小女孩弄出好几个黑手印，不问明青红皂白，张嘴就给丫丫一顿损："谁家的小埋汰孩儿？往哪儿摸，这么没教养！"

　　丫丫委屈得小嘴瘪瘪着，眼里闪动着泪花："这是你……掉的钱！"

　　旁边一个商贩看明白了，他对胖女人发话："你看你这个买菜的，你钱掉了，丫丫从地上捡起来喊你，你听不到，不得已，丫丫拽了你的裙子。哪有这样对待拾金不昧的？更何况，她还是个孩子。"

　　胖女人的脸腾地一下红到耳根儿，她接过丫丫递过来的百元大票："好孩子，都怨阿姨，阿姨错怪你了！"

　　不检讨还好，胖女人检讨后，丫丫哇哇地哭出了声。

　　胖女人在农贸市场北侧拐角处开了一家副食品批发部，她硬拉着丫丫到自己那吃好吃的，以弥补对丫丫的伤害。

　　到了自己一亩三分地儿，胖女人更是放下了架子，好一顿热情，她对丫丫说："小手咋弄的，这么黑？快来，阿姨给你洗一洗。你妈不管你呀？捡矿泉水瓶儿干吗？你瞅瞅，你瞅瞅！"

　　丫丫手里的矿泉水瓶儿被胖女人抽走，扔进了垃圾桶。丫丫赶忙跑去垃圾桶，把矿泉水瓶儿拿回来，并道出了捡矿泉水瓶儿挣金币的秘密。

　　胖女人很是感动："你真是个好孩子。"

　　说完，胖女人走向摆放在门口的大冰柜，从里面拿出几样冷饮，返身回来，不住地让丫丫吃："这是'奶油脆皮儿'，这是'笨笨熊'，这是'大脚板'……"

　　丫丫接过好吃的，向胖女人投去感激的目光，还说起了想妈妈的心事儿。

胖女人双眼有些湿润了，蹲下身子："阿姨有个和你一样大的孩子。孩子成年到辈儿在他爷爷奶奶那儿，我也怪想的。都一样，母子连心哪！孩子想妈，妈更想孩子！"

停了一会儿，胖女人又说："你管我叫妈吧，我给你买好吃的、好穿的，还有好玩儿的。"

丫丫咬一口"笨笨熊"，晃动着小脑袋儿："你是好人，可不能叫妈妈，宝宝只能有一个妈妈，我有妈妈。"

胖女人笑了："你这小孩，怪认死理的，阿姨稀罕像你这样的孩子。从今以后，我就拿你当女儿了。等你想好了，就管我叫一声妈！"

过了一段时间，丫丫碰见胖阿姨抱着儿子逛商场。胖阿姨也看见了她，赶忙热情招呼："丫丫，快快，我儿子回来了，我给你俩买玩具！"

玩具是买了，可价钱大不一样。胖阿姨给自己儿子花了一百零八块钱，给丫丫仅花了八块钱。

最刺激丫丫的是，胖阿姨常常把她撇在一边，与自己儿子亲热不完。

丫丫脆弱的自尊心受到强烈的冲击，她把玩具塞给胖阿姨，扭头跑出商场，消失在茫茫人海。

在偏僻地方的一个水泥涵洞里，丫丫满脸泪水，她使劲哭了一场，一遍一遍喊着："妈妈，妈妈，人家的妈妈都抱自己的宝宝，你快回来吧，你咋还不回来……"

丫丫的埋汰小手擦了一下眼泪，暗下决心：快点捡矿泉水瓶儿，快点攒够金币，金币有了魔法，这是早日见到自己妈妈的最好办法！

# 七

丫丫专心找地上的矿泉水瓶儿，一抬头，看到第一小学的大门。她的心"咯噔"一下。

第一小学在农贸市场的北面，需要穿过两个横道。不知不觉来这么远的地方，要是让奶奶知道，非得挨训不可。

她刚想转身往农贸市场返，两个喝矿泉水的男学生把她吸引住了。

两个学生一高一矮，每个人手里都拿着一瓶矿泉水，他们一边打闹着一边喝。

丫丫清楚地看到，两个矿泉水瓶里的水都不多了，这意味着他们很快就会把瓶子扔掉。

矿泉水瓶儿的诱惑太大了，丫丫顾不上其他了，她凑到矮个学生跟前，眼睛盯着他手中的瓶子，心里不住地念叨：快喝了扔空瓶子，我好去捡。

丫丫越是着急，两个学生反倒只顾说话，停止了喝水，好像有意难为丫丫。

矮个学生问丫丫："你总瞅我干啥？"

丫丫怯生生地说："我等你把水喝了，我要你手里那空瓶子。"

矮个学生说："小丫头，你要空瓶子干吗？卖钱吗？"

丫丫点点头，随即又摇了摇头："我是用它换金币，金币有魔法，攒够了八十一枚金币，我就能见到妈妈了。"

一旁的高个学生听得一头雾水，他问矮个学生："小女孩向你说了啥？啥金币？啥魔法？"

矮个学生也没整明白，他说："小女孩这是动画片看多了，胡说八道，她就是从小钻钱眼儿里了，捡瓶子卖钱。"

高个学生一听丫丫是个小财迷，给她出了难题，有意作弄她："你等我俩手里的瓶子，是不？可是，我俩现在不渴呀。如果你给我擦擦鞋，我俩不渴，也把水喝掉，空瓶子归你。"

丫丫满心欢喜："用啥擦呀？"

高个学生说："用手。"

丫丫仰头看着高个学生点了点头。

高个学生穿的是一双白色旅游鞋，他让丫丫把他的两个鞋尖部分的皮子擦了就行。

丫丫蹲下认真擦了起来。手擦埋汰了，高个学生往她手上倒了点矿泉水。

擦完鞋，两个学生兑现了承诺，相继一仰脖把水喝掉，空瓶子递给丫丫。

想不到，丫丫不接，非得让两个学生把瓶子扔在地上，她再捡起。

两个学生按照丫丫的要求，把空瓶子扔在地上，丫丫乐颠颠去捡起。

高个学生疑惑地问："这是啥意思呢？"

丫丫说："奶奶说了，心诚才灵。"

两个学生欺负丫丫的举动，让一个经常去农贸市场买豆芽的老头儿看到了。老头儿走上前，批评两个学生欺负丫丫的做法，还把丫丫想妈妈攒金币的事儿说了一遍。

两个学生听明白了，对丫丫这个幼小的留守儿童产生了同情，对之前所做的表示非常后悔。

当他俩要向丫丫道歉时，丫丫不见了。

第二天，赶上是星期六，学校不上课。两个学生没有闲着，他俩去街里闹市区翻开了垃圾箱，在里面寻找空矿泉水瓶儿。他俩要帮助丫丫，弥补昨天的过错。

不大一会儿工夫，两个学生翻找出六十多个空瓶儿，用两个大塑料袋儿装好，来到农贸市场，找到了丫丫，当面向丫丫道歉。

丫丫抿嘴笑了，笑得眼睛眯成了一条缝儿。

两个学生已经"懂规矩"了，把空矿泉水瓶儿往地上扔，丫丫一个一个地捡起，边捡边笑。两个学生也跟着笑，笑得前仰后合。

## 八

天气闷热闷热的，丫丫拎着胶丝袋儿，走到了胖阿姨批发部门口，她感到又渴又累，心里盘算着，再捡二十个矿泉水瓶儿，送到长胡子老爷爷那儿就能换回四枚金币，钱袋儿里已经有七十七枚金币，加上四枚，就够八十一枚了……

胖阿姨门口的冰柜里，花花绿绿的冷饮像长了小手揪着丫丫的心，她咽了一大口涎水，坚定地把目光移开。

这时，一个农民工扛着一箱矿泉水从批发部出来。胖阿姨送到门口，嘴上唠叨着："你们这帮人，哪有正经事儿！没料停工就歇着呗，'斗地主'赢啥喝水？"

农民工撂下一句玩笑话："喝酱油耍酒疯——闲（咸）的呗。"

怕让胖阿姨看见，丫丫躲在了两个唠嗑的大人身后。胖阿姨进屋了，她紧跟在农民工后面，眼睛死死盯着他肩上扛的那箱矿泉水。

过了一个横道，拐了两个胡同，到了一处工地。工棚对外开着的小窗户下不规则地躺着七八个空矿泉水瓶儿。丫丫欣喜若狂，她的小心脏"咣咣"直跳，跑上前，麻利地将地上空瓶子捡起。

捡完了，她不甘心，脚底儿垫两块砖头儿，透过工棚小窗户往里瞅：一帮农民工正吆五喝六地"斗地主"，地桌上摆着十多瓶快喝完的矿泉水。

等啊，盼啊……

起风了，凉风裹起地上的尘土在大街小巷横冲直撞。刹那间，豆大的雨点从天上狂泻下来。

丫丫仰脸瞅一瞅黑云密布的天空，心生恐惧。她想往回走，可是，实在舍不得那些即将被喝空的矿泉水瓶儿。

她双手抱着单薄的小肩膀，蹲在工棚下躲雨。

工棚盖儿是用油毡纸压的，棚檐儿窄窄的，根本不挡雨。丫丫的小身板紧紧往墙上贴，贴得紧紧的，衣服还是被雨淋湿了，她直打冷战。

"啪啪啪啪啪啪"，工棚小窗户里飞出来六个空矿泉水瓶儿。丫丫冲过去捡起，心里数着，还差四个，快点呀快点呀……

真是事遂人愿啊，丫丫终于又捡到四个空矿泉水瓶儿，她用头绳扎好装瓶子的袋子，扛起，疯了一样往家的方向跑。

这时她才意识到，天快黑了，奶奶一定在到处找她。

她有些慌了，左拐右拐脚下一滑，摔倒在水泡子里，右膝盖虽然磕在一块石头上，但是，她只感觉麻酥酥，并不疼。

当她双手拄地往起站的时候，右腿不敢吃劲儿，身子一栽歪又趴在水中。她呛了一口脏水，咳脏水的时候，她忽然大哭起来。

脸上雨水和泪水掺杂在一起，杀得眼睛睁不开。情不自禁，她竟然喊出好久没喊过的声音："妈妈，妈妈，妈妈……"

装瓶子的袋儿开了，十多个瓶子在水泡子上面漂浮晃动。丫丫挺着身板，像鸭子一样伸长脖子爬向水泡子中间，她一个一个够，一个一个抓，而后一个一个重新装进袋子里。

雨声、雷声、刺耳揪心的"妈妈"声，在低矮的天空滚荡开去，让人不寒而栗。

咔嚓，一道蓝色闪电，好像把黑蒙蒙的天撕了个大口子，雨倾盆一样，更大了。

丫丫惊恐万状，她也不知道哪儿来了股力量，里倒歪斜地站了起来，像一只受到惊吓的小兔子东躲西藏，跌跌撞撞跑到一棵大树下。

雨似乎小了许多。丫丫浑身发抖，低头一看，鲜血从裤脚儿那往外淌。她吓蒙了，又哭起来喊："妈妈，妈妈，妈妈……"

一搂粗的树干散发着热量，丫丫扑过去，像扑到日夜想念的妈妈怀里。她双手紧紧地抱住大树，好像抱住的是妈妈那热乎乎的腰，她不想松手，更不愿意离去，因为她已攒够了那九九八十一枚金币！

蒙蒙眬眬中，丫丫真把热乎乎的树当妈妈了。她抱着，拥着，亲昵着——有妈妈在，心里好热乎！

丫丫一遍一遍在心里质问：妈妈，你心咋这么狠……妈妈，钱比你的小心肝宝贝更重要吗……妈妈，你想你的小心肝宝贝了吗……妈妈，我能挣钱了……妈妈、妈妈……我再不会松手让你走，你打工走的那天晚上，你贴着我脸说，你去几天就回来看我，可是，你撒谎了，你说过，撒谎不是好孩子……

也许是累了，也许是受到难以承受的惊吓，也许是腿上的伤所致，丫丫昏厥过去，身子顺着树干往下滑，最后瘫倒在树根儿处。


# 九


这一幕让一个人看到了，他不是别人，就是那个收废品的长胡子老爷爷。

长胡子老爷爷赶着小牛车收废品，因为他备有雨衣，没有遭到雨淋，然而，拉车的牛却被雨淋得像掉进了河里一样，满身湿漉漉的。

途经大树旁这条路时，长胡子老爷爷看到一个小女孩抱着大树哭的情景。突然，小女孩软绵绵瘫倒了，他猜测小女孩被雷击了，吓得后脊梁“吱吱”冒冷风。

救人要紧，他赶忙跑过去。

他跑到大树下，俯身一看，小女孩他认识，就是那个捡矿泉水瓶儿的丫丫！他来不及多想，简单检查一下，发现丫丫还有鼻息，也不像被雷击的样子。

他脱下身上破旧的雨衣，包裹上丫丫，随即抱起她，心急如焚地往小牛车那儿跑。他把丫丫放在小牛车上，举起鞭子，拼命赶着牛。

为了给牛车减重，让牛跑得快些，他没有坐在车上，而是在牛后面跟着跑，嘴上一个劲儿喊："驾、驾、驾……"

鞭子像雨点一样落在牛背上。拉车的牛眼睛瞪得溜圆，把废品车拉得飞快。长胡子老爷爷扭头看一眼废品车上的丫丫，心里不住地念叨："不远就有家医院，快到了，快到了，丫丫，你可要坚持住啊……"

丫丫躺在病床上，右膝盖缠着纱布，左手腕儿插着点滴管儿。她苏醒过来，第一眼就看到了奶奶，看到奶奶双眼红肿，她反倒说出安慰话："奶奶，你哭啥呀？我攒够了八十一枚金币！"

奶奶眼前一片模糊，颤抖的嘴唇，一遍一遍吻着丫丫热乎乎的脸蛋："够了够了，奶奶的宝贝，你终于睁开眼了，可吓死奶奶了！"

丫丫在医院住了三天，腿还没好利索，就嚷嚷拿瓶子去长胡子老爷爷那儿换金币。

奶奶唠叨："小祖宗，不着急，不着急，腿伤还没全好呢。"

丫丫耍开了赖皮："不嘛，不嘛，我就要去。"

奶奶服软了："好好好，早点去也好。那天，长胡子老爷爷把你送到医院，我连一句感谢话都没顾上说。"

奶奶骑着三轮车，丫丫在车上坐着。祖孙俩来感谢长胡子老爷爷，还带上了要换金币的矿泉水瓶儿。

到了长胡子老爷爷家，奶奶一边把丫丫抱下车，一边对长胡子老爷爷说："那天，多亏你救了孩子，真不知道咋感谢。"

长胡子老爷爷说："有啥感谢不感谢的，遇到了，是人都会这么做。"

丫丫一瘸一拐，她走近长胡子老爷爷，无比自豪地说："我都算好了，今天送来这些瓶子，换了金币，加上我原有的金币，正好是九个九，九九八十一枚。"

长胡子老爷爷连声说："好好好，你的金币该有魔法了。"

丫丫说："老爷爷，你过来一下，我还有个好消息告诉你。"

长胡子老爷爷俯身凑近丫丫，丫丫趴在他耳朵边无比自豪地说："你是天底下最好的老爷爷，我的金币有魔法了，我会让魔法帮助你！"

长胡子老爷爷双眼一热，自言自语："多懂事的孩子呀！"

从长胡子老爷爷那里回来，丫丫把所有金币放到一块儿，她数了三遍，还让奶奶数了三遍，一个不少，一个不多，正好是九九八十一枚。

丫丫欢呼起来："我的金币攒够了，我的金币有魔法了！"

就在这个时候，前院小卖部的老板娘兴冲冲跑来，她对奶奶喊："你儿媳妇从北京打来电话了，你快去接！"

儿媳在电话里对婆婆说，国庆节企业放三天假，她回来看丫丫不赶趟，叫婆婆把丫丫带到北京去，她想丫丫了。

一旁的丫丫乐得蹦了起来，高喊："魔法真的显灵了，魔法真的显灵了！"

转瞬之间，丫丫瘪着小嘴，双眼闪动着泪花，一头扑到奶奶的怀里……


奶奶和丫丫乘上了火车，目的地——北京。

在北京打工的妈妈，穿得干干净净，打扮得漂漂亮亮，早早来到北京火车站，接她的宝贝丫丫。

当妈妈抱起久别的丫丫时，她亲了又亲，眼泪哗哗地流了下来。

丫丫两只小手给妈妈抹眼泪："妈妈，你咋哭了?"

妈妈贴着丫丫的脸蛋，哽咽着说："你想妈妈，妈妈都知道，你为了早日见到妈妈……攒了八十一枚金币!"

丫丫扭过脸，不让妈妈看到自己湿润的眼睛，她的小手指着北京这座美丽大城市，说："妈妈，大楼好高啊!"

# 山谷回声

　　大山脚下有一片白桦林，白桦林在绿色植被的映衬下，白得晶莹剔透。白桦林北面卧着两间泥草房，泥草房里住着两个留守儿童。

　　平日里，哥哥要去学校读书。他已经读小学五年级了，周末的时候，他去白桦林采野菜，采完野菜拿到街里农贸市场上卖。

　　妹妹在家看门，她一边看门一边想着心事，那么，她到底有啥心事呢？

## 一

　　春天来了，然而，在北疆的山区小镇，丝丝凉意仍顽强地不肯退去。

　　每到这个季节，我总忘不了尝尝野菜清新、爽口的滋味。北方的野菜要数婆婆丁，它鲜嫩、微苦，蘸点新炸的鸡蛋酱，那真是下饭、开胃。

好吃，这只是表象，往深层次探究，婆婆丁具有败火、消炎的功效，长期食用，绝对有利于身体健康。因此，不光是我拿它当健康美食，家乡人见它都垂涎三尺。

那么，如何吃到理想的婆婆丁呢？

小镇四周都是庄稼地。庄稼地被农民又耕又铲，婆婆丁倒是幸免一些，可是，农药的广泛使用，所剩无几的婆婆丁多多少少被污染了。也就是说，庄稼地里的婆婆丁算不上绿色食品了。

思来想去，唯有北山白桦林里的婆婆丁堪称是纯天然珍品，那里的婆婆丁白儿深、叶儿肥，更没有接触农药。

我去了农贸市场，凭经验，在农贸市场北门那转悠——山里人摆摊儿卖野菜都在这个地方。

一个腰像水缸一样粗的胖女人手掐一把碎票，晃着肩膀喊："婆婆丁、婆婆丁，白桦林的，纯天然绿色，快来买呀……"

循着喊声我走过去，哈腰上前抓了一把婆婆丁，发现被水洗过，湿漉漉的。我认为摊贩掺水耍滑，没有搭理。

再看旁边一个土筐，筐里的婆婆丁虽不水灵，但细一扒拉觉得挺干净："多少钱一斤？"

一个稚嫩的声音回答："我家小妹一根儿一根儿摘的，五块钱一斤。"

我抬起头，看见卖婆婆丁的是一个蓬头垢面的小男孩，也就十一二岁的样子。

恰在这时，旁边的胖女人剜了小男孩一眼："你这个臭孩子，人家都卖八块，你咋卖五块？不会卖东西好好学着点儿。"

胖女人的话非常刺耳，我用眼梢瞥了她一下，心里说：这个胖女人，挺能熊小孩的！

可能是听了胖女人责怪的缘故，小男孩战战兢兢地没敢瞅胖女人，而是看了我一眼。看我也在打量着他，他反倒不好意思地用左脚不住地踩右脚的脚尖。

这时我才发现，小男孩穿的农田鞋已很破旧，右脚的鞋尖竟然张着大嘴巴。

面对此情，我心里很不好受，问小男孩："家是北山的吧？人家卖八块一斤，我买你半斤，给你四块。"

小男孩愣着点点头，接着给我称了半斤婆婆丁。

我掏出五块钱塞给小男孩："你秤太高了，钱不用找给我。"

小男孩向我投来感激的目光，我心里多少有了些许慰藉，毕竟我以秤高的理由，多给了他一块钱。

回家后，心里这个不得劲儿，小男孩农田鞋的大口子像一张怪兽的嘴，撕咬着我的心。

我想：小男孩家一定相当贫困，要不然，咋连一双好鞋都没有？看来不光是贫困的事，买不起鞋，当妈的给缝一缝也不能这样啊！

我也是个女人，同样是一个母亲，我知道我应该做点什么。因此，我翻箱倒柜，找出儿子穿旧的两双鞋，还有几件衣服，并且连夜把鞋刷了，把衣服洗了。


二


第二天，我把鞋和衣服包裹好，带上，匆匆赶去农贸市场。

不巧，小男孩不在。胖女人一再和我搭话，我因为心急，就把给小男孩送鞋和衣服的事当她说了。

一看我是个热心肠，胖女人感叹道："那小男孩叫旦旦，怪可怜的。没爹没妈，自己挖野菜卖了念书。星期天能来，平时他上学。东西我替你捎去吧，我们两家住前后屯。"

　　胖女人还说，那天她训旦旦，没有恶意，是嫌他把婆婆丁卖贱了。一个孩子，又要上学，又要采野菜卖，多不容易呀。

　　胖女人对那天的"出口不逊"做了解释，还主动帮我给旦旦转送鞋和衣服，她的这些举动让我真有些不好意思。我当面夸了她两句："你是典型的刀子嘴豆腐心，之前差点错怪你了。"

　　胖女人显得很无奈："不也是为旦旦能多卖俩钱儿嘛！"

　　没有见到旦旦的遗憾使我这颗刚刚舒缓的心又提了上来，我真想快点见到旦旦，再帮他做点什么。

　　终于又到了一个星期天，我像赴约一样赶到农贸市场的老地方。这次，老远看见旦旦穿着我送给他的鞋和衣服，人比上次精神多了，我心里美滋滋的。

　　见了我，旦旦涨红着脸喊我一声："姨！"

　　我答应着，快走几步，到了旦旦跟前儿，摸着他的头："好孩子，又上学又卖菜，有骨气，今天我还买你的婆婆丁。"

　　猜想旦旦听了我说的话，会喜上眉梢，可是，他却沉着脸，坚决地说："不！"

　　我丈二和尚摸不着头，赶忙问："为啥呀？"

　　旦旦头垂得低低的，一个劲儿给我抓婆婆丁："不为啥……把菜送给你。"

　　我趁着扒拉婆婆丁的机会，把一张十元钱偷埋在了旦旦的菜筐里，并一个劲儿刨根问底，打听旦旦家里的情况。然而，无论我咋问，旦旦就是低头不语。

因家里等着做饭，只好再找机会问吧。我给旁边的胖女人使了个眼色，示意她，我把钱埋在旦旦的菜筐里了，便转身往家走。

我快走到家的时候，觉得后边有人跟着，回头一看，发现是旦旦。我马上回走几步："旦旦，有事吗？"

旦旦噘着嘴，快速把一张十元钱塞进我装菜的兜里："我说菜送给你，就是送给你！"

"这个犟孩子，咋可以这样！"我从菜兜里拿出钱，硬气地揣进旦旦的口袋，"给你，你就拿着，咋这么不听话。"

可能看出我急眼了，旦旦低着头不吱声了。突然，他一双渴求的目光仰射过来："喊你一声妈，行吗？"

惊讶、感动一起涌上了我心头，同时，我也在想，旦旦这么做到底为了啥？不只是感恩这么简单吧。我心里虽有疑惑，可表面显得很平静："我儿子不比你大几岁，喊我妈，好啊！"

旦旦激动地上前一步，眼里闪着泪花，说："主要是我妹妹想喊你一声妈，她自从懂事，还没喊过妈妈呢！"

我的心好像被人揪住了，赶忙问旦旦："妈妈呢？"

旦旦的眼泪止不住了，他坚强地用衣袖擦了擦，哽咽着说："爸爸……讨工钱跳楼……腿断了……妈妈气疯了，去……去南方打官司，都三年了！"

我的心一阵酸楚，泪水好像溢出了眼眶。

旦旦还告诉我："妹妹叫二丫，妈妈走的时候，她还不到三岁。妈妈不见了，她没处喊妈妈，一听到别的孩子喊妈妈，她就哇哇哭。我说你像妈妈一样好……"

我掏出纸巾擦了擦眼泪，对旦旦说："你和妹妹都是懂事的孩子，你妹妹的愿望，我一定会帮她实现！"

## 三

啊叫坐卧不安，啊叫心神不定，这些都在我后来的日子体会到了。

我做了很多梦，梦见旦旦妈还没打赢官司，梦见旦旦吃凉饭生病了，还梦见了没见过面，想喊我一声"妈妈"的二丫！

二丫扑闪着两只水汪汪的大眼睛，穿一件粉红粉红的新裙子……不，不是粉红粉红的，应该是金灿灿的，因为婆婆丁开的花是金灿灿的，她在山坡上奔跑，放声喊着妈妈……

我实在坐不住了，在一个晴好的天儿，坐上去北山的小公共汽车，颠簸了四十多分钟，在一片白桦林附近下了车。

我拎着一个沉甸甸的提包，下了公路，钻进一片白桦林。

胖女人再三告诉我：穿过白桦林，再走一段小道就到旦旦住的屯子了。

屯里的住户并不多，房子稀疏地盖在大山脚下。大山高耸入云，我只有仰脖才能望见山峰。

我边走边打听，不知不觉就来到了旦旦的家门前。

旦旦家是两间倾斜的泥草房，墙皮脱落，不大的小窗户还捂着脏分分的塑料布。旦旦忙着做饭，二丫扎着两个翘着的小辫，在烧火。看到了我，旦旦激动，而且深情地喊了声："姨！"

二丫回过头，我一看真和想象的一样，她扑闪着一双水汪汪的大眼睛，像一头受惊的小鹿，有一种不知所措的神情。

我热情地招呼旦旦和二丫，并从提包里往出拿新衣服和好吃的小食品。

　　二丫双手抱着旦旦的一条大腿，惊恐地望着我。我上前抱起她，用手抹去她额头的黑灰："喊我'妈妈'吧，你哥哥向我说了你的心愿，你说我像妈妈一样好，想喊我一声'妈妈'。这些，你哥哥都告诉我了。"

　　二丫一根儿手指咬在嘴里，躲闪我热热的目光，她不敢直视我，扭头直看旦旦。

　　旦旦着急地说："你不要喊妈吗？喊吧，喊妈！姨像妈一样对咱们好，快喊！"

　　二丫小嘴嚅动半天也没喊出声来，而是挣脱我，兴高采烈向山坡疯跑。

　　可以想到，今天二丫有多高兴啊！她的举动已经告诉了我。

　　两个孩子虽然都没喊出"妈妈"，但我心里已感到了一种从没有过的幸福。

　　也难怪，俩孩子已好几年没喊"妈妈"这个充满爱而又沉甸甸的字眼儿了。

　　安顿一番，我塞给旦旦二百块钱，一再嘱咐："照顾好妹妹，有事儿就给我打电话！"

　　临走时，二丫红肿着双眼回来了。

　　我问二丫："刚才还欢天喜地的，转眼咋噘上小嘴了？"

　　二丫头垂得低低的，没有回答。

　　旦旦眼里闪着泪花说："妹妹看你要走了呗！"

　　我恋恋不舍地蹲下与二丫说话。二丫慢慢挪到我身边，用小屁股磨蹭我的大腿，她一定不愿我这么快就离开。我把二丫揽在怀里，照着她的小脸蛋儿亲了一口："我会经常来看你的……"

旦旦执意要送我，我拒绝了，让他和妹妹目送就行。

走到十字道口，我在等返城的客车，车还没有来。

望着白桦林，棵棵白桦树上好像长了许多黑眼睛，神情有思念的、渴望的、深情的、惊恐的、祝愿的……

返程的客车来了，我转身上车，就在自动门"咔嚓"关上那一刻，白桦林里传来了震撼人心的喊声："妈——妈——"

猛回头，我看见旦旦和二丫疯了一样从白桦林里跑出来，两个孩子张着大大的嘴巴，仿佛使尽了全身的力气在呼喊："妈——妈——"

这感天动地的喊声响彻白桦林，回荡在山谷，震荡在耳畔，刹那间，我的心一阵颤抖，眼泪扑簌簌地流下来……

# 柴 草 垛

## 一

东北农村的柴草垛很有说道，搭眼一看就知道这个家庭的生活状况。

一般肯吃苦、会过日子的人家，柴草垛都大，那真是新草压陈草，柴草垛堆得像小山一样高。反过来，不肯吃苦又不会过日子的人家，柴草垛就小，鸡刨猪拱，乱糟糟的一小堆。

再有就是村干部和村里有手艺人家的柴草垛小，这些人家的柴草垛虽小，但规整。原因是他们能买得起乌黑锃亮的煤，并且把煤放在仓房里，柴草只是作为引火柴罢了。

整趟街就我家和铁蛋家的柴草垛小，招弟儿家的最大。

招弟儿家柴草垛大是有原因的。当时农村有一套嗑儿是这么说的：一等人是村支书，过年送礼堆满屋；二等人是支委，亲朋好友跟着美；三等人是财会，"大白边儿"（钱）往家拽；四等人

36

是出纳员，兜里不断零花钱；五等人是小队长，吃完这场喝那场；六等人是保管员，五谷杂粮吃得全；七等人是车老板，随便捎点用不完……

招弟儿爸不是一般小老百姓，而是七等人车老板。她家的柴草垛大就不难理解了。

我家和铁蛋家柴草垛小的原因各有不同。

有一年，我爸在生产队干重体力活，一不小心把腰扭了，从此干不了哈腰割草的活儿了。我家一年到头做饭、烧炕用的柴草，全指望队里分点农作物的秸秆。不够了，我就用放学后的时间或者寒暑假去割草。

铁蛋后爸脾气犟，认死理儿，是和铁蛋妈后到一块儿的。他说："铁蛋老大不小了，一天到晚也不上学，游游逛逛，割点草不行啊？"

铁蛋妈不是心思地说："铁蛋才十三岁，你个大老爷们儿和孩子攀比个啥？"

铁蛋后爸理直气壮："我八岁就知道往家背草！"

铁蛋当然帮着妈妈对付他后爸："你光说你八岁就往家背草，你咋不说说你八岁还尿炕呢？"

铁蛋后爸气得火冒三丈，他骂道："你个小鳖羔子，吃我的，喝我的，还这么和我说话，我不是养只白眼儿狼吗？"

铁蛋妈担心丈夫动手打儿子，摸起炕上的笤帚疙瘩，假装追打铁蛋，意思是把他撵跑。

铁蛋躲闪着，冲出家门往外跑，想不到被摆在门口的鸭食盆绊倒了。这一绊倒不要紧，他的膝盖磕出了血。

看着铁蛋疼得龇牙咧嘴的样子，铁蛋妈俯下身子用嘴给他吹伤口。铁蛋后爸却在一旁幸灾乐祸："活该！"

铁蛋妈扭头瞪了丈夫一眼："有你这样当爸的吗？"随后，她又对铁蛋小声说，"去割草吧，不能多割，还不能少割？谁让你亲爸死得早了。"

铁蛋亲爸是上猴石山砍柴，一不小心掉到山涧摔死的。本来家里烧柴够用了，铁蛋亲爸想砍些柴去城里卖，用于改善生活，结果遭遇了不测。

铁蛋身下有三个弟弟妹妹，他妈妈自己难以抚养，没办法，领着铁蛋和他三个弟弟妹妹改嫁到现在的人家。

我和铁蛋成了每天割草的伙伴。与铁蛋比，那时我还是比较幸运的，依然在上学，已读小学四年级了。

铁蛋因家里穷，读到三年级就辍学了。放寒暑假时，我和铁蛋像劳力上工一样，早晨去几里地外的大草甸子割草，每次割六七捆，然后用绳子一拢往家背。

我上课的时候，铁蛋好跑到学校门口等我。他来等我之前，已经到我家把我的镰刀和背草的绳子都带上了。等到下课铃声一响，我几乎冲到同学们的最前面，去与铁蛋会合，然后我俩一块儿去割草。

有时我放学晚，铁蛋等不及了，跑到我上课的教室外，双手捂着窗玻璃向里面的我做鬼脸。

鬼脸搅乱了我的心，我提前收拾好书包，做好了下课准备，至于老师讲的啥，我根本听不进去。

割草虽然挺累，但也乐趣无穷。夏天我们在草甸子里逮蝈蝈、找鸟窝；冬天，在镜子面一样光亮的冰泡子上打"出溜滑"。

玩够了才能"务正业"。

铁蛋整天看后爸的脸色吃饭，吃不饱，体格比我还单薄。每次不管是割的草还是背的草都比我少。我俩背着比自己身体重好多的草，颤颤巍巍地往家走。

俗话说，远道没轻载。我俩背草，一气儿是背不到家的，途中要歇好几气儿。

歇气儿的时候必须找个壕沟边或土坎儿，草放在高处，人坐在低处，这样再起身时能省很多劲儿。

趁这空闲，我俩海阔天空地畅想起来。

铁蛋说："别看我离开学校了，学校那些事我也知道。我现在正寻思着，班里的女生咋不和你好？"

我说："只因我长得矬碜，家里柴草垛又小。"

铁蛋说："你等我拜个会武功的师傅，学会三招两式，一个空翻站在女生跟前儿，非让她们争抢着给我当媳妇！"

那个时候，当兵非常时髦，不说当上兵将来有发展，单说那身绿军装就够稀罕人的。有的小青年为抢一顶军帽被判了三年刑，即便判刑这么重，抢军帽的事儿仍然时有发生。

我说："我长大了就去当兵，一身绿军装，格外放光芒！"

一阵大风吹来，我双手使劲抠住壕沟边的土棱子，没有让大风吹跑，眼看铁蛋像大皮球一样，轱辘挺老远才停下。

铁蛋一旦被风吹跑，他自己是站不起来的。这时候我就要走近他，拽他起来。

我背草的时候也被大风吹跑过，同样，铁蛋将我拽起。由此看来，一个人背草很困难，两个人搭伴，相互有个照应才行。

## 二

六一儿童节是每个孩子最盼望的日子，也是每个孩子最幸福的时刻。

在这一天，上学的孩子都穿上统一的服装——白上衣、白鞋、蓝裤子。大家打着校旗，排着整齐的队伍，在老师的带领下去公社所在地的大广场开运动会。

运动会上彩旗飘飘，锣鼓喧天，那才热闹呢。文艺节目会演后，开始进行运动比赛，有长短跑的，有跳高、跳远的，还有撇铅球的等等。

到了这一天，学生家长一改往日节俭的习惯，显得特别大方。家长会给孩子带上几毛钱，让孩子买平时连想都不敢想的汽水、面包。

我妈妈早就说好，六一这天，她给我做崭新的白上衣和一条蓝裤子，还要给我五毛钱，让我买好吃的、好喝的。

我盘算着，我穿上新衣服保准漂漂亮亮的，手里掐着五毛钱，用一毛三买一瓶汽水，两毛钱买两个面包，剩下的钱再买几根冰棍儿。有了这些，我就能神气十足地当同学面儿显摆显摆。

想不到，六一这天早晨，我傻眼了，妈妈给我做的蓝裤子不是新的，而是用爸爸一条旧裤子毁的，颜色发浅，不是深蓝，砢碜透了。

更为可气的是，五毛钱变成了一毛钱。我的天哪！一毛钱仅够买两根冰棍。至于汽水，是妈妈给做的，用面起子（小苏打）加糖精，再兑上水，装在一个胖墩墩的点滴瓶子里。面包变成了发面饼。

先不说蓝裤子的事，如果我带着这样的吃喝去运动会现场，不得让同学笑话死呀！

我要气疯了，咬着牙瞪着眼："当妈的哪能说话不算数？等我长大了，挣钱了决不养活你，一分钱也不给你！"

妈妈开骂："你个小鳖羔子，给你五毛钱，一天就花了。你知道五毛钱是咱全家两个月的生活费！它能买两包半火柴，四斤七两咸盐……"

"我不在家待了，我出走！"说完，我怒气冲冲地走出了家门。

我心想：运动会我没法参加了，我要造成离家出走的假象，让妈妈着急，让她一时半会儿找不到我。找不到我，她更着急，就让她着急，她越着急我越解恨。

我走出了村子，漫无目的地向村北走，走了很远一段路，一抬头，看见一大片松树林。

这片树林对我来说并不陌生，我挖野菜的时候来过，听说里面有坟地，我没敢太往里走。

树林里传来各种鸟的叫声。

我一摸裤兜，平时玩的弹弓子在里面。我来了精神头，忘掉了不开心的事儿，在路边的沙坑里捡了一兜小石子，用这些小石子当弹丸。

我一猫腰进了树林，心思全用在了打鸟上了。

树林里的鸟真多呀，有麻雀，有黄雀，有"蓝大胆"，有猫头鹰，还有布谷鸟。

落叶松像针一样的叶子，毛茸茸的绿，绿得特别漂亮。我顾不上欣赏这绿色的美景，蹑手蹑脚往落鸟多的树跟前凑，凑近了，拉开弹弓瞄准，只听弹丸打在树杈上"嘭"的一声，随即鸟飞走了，落下两小撮树叶。

树林北面是一片坟地，那里有几棵百年的老杨树。树大招鸟，鸟爱往那里飞，偶尔树冠里还传来布谷鸟的叫声。

今天可能和妈妈赌气的原因，我有了"破罐子破摔"的想法，因此，胆子大了许多。

我悄悄向坟地那里移动，想不到一脚踩空，掉进了坟窟窿里，哎呀妈呀，脚都踩到已经腐朽的棺材板了，当时吓得我出了一身冷汗……

天擦黑了，我一只鸟也没打着，晃晃荡荡着往家走。快进村了，心想：不能便宜抠门儿的妈，让她晚上也见不到我的影，那样，她才能着急。

不回家去哪儿？玩累了，肚子也饿了，想去哪儿弄点吃的，然后在柴草垛里猫一宿。

刚走到招弟儿家柴草垛跟前儿，就听到有人喊我："往草垛顶尖瞅，我在这儿，快上来。"

我仰脸一看，是铁蛋在草垛顶上探头喊我。我往草垛上爬，由于草垛太高，还真不好爬。

可以说，招弟儿家的柴草垛不仅高，而且还特别大，估摸占地面积也有半个篮球场那么大。

柴草垛最底层是从山上砍来的树枝，树枝上压着苞米秸秆，苞米秸秆上堆着从草甸子割来的草，最顶层是碎稻草。

我费了好大力气爬上草垛，坐在铁蛋提前给我偎的小窝里，心情这个美呀，庆幸困难之时遇到好伙伴了。

铁蛋也喜出望外，他慷慨地从怀里掏出一个面包，很仗义地递给我："给你留的。"

"太好了！你咋跑这儿来了？"我心花怒放，狠狠咬了一大口面包，那味道酸酸甜甜的。

铁蛋说："我惹祸了，不敢回家。"

我吃惊地问："惹啥祸了？"

铁蛋说，他要去看运动会，可是后爸不给他拿钱，他一气之下偷着把自己家那只鸭食盆拿去当废品卖了。因为鸭食盆是铝的，真没少卖，卖了六毛钱。铁蛋掐着钱去看了运动会。看运动会的时候，他买了好吃的，没舍得都吃了，给我留了一份。

我劝他别上火，别害怕，还一个劲儿给他出主意："后爸追查起来，你死不认账，叫他猜铝盆让小偷摸去了。"

铁蛋一听我这样说，长长舒了一口气，显得轻松多了。

不知不觉，天黑下来，我俩数着天上的星星，想入非非。

前两天，小学校露天广场上演了一次电影。电影太好玩了，是一部动画片——《大闹天宫》。

孙悟空会七十二变，那真是来无影去无踪，想变啥就变啥，把各路妖魔鬼怪收拾完了。

我问铁蛋："假如你有孙悟空的本领，你想变些啥？"

铁蛋十分认真的样子，想了想说："我想变一只蚊子，后爸再和我妈打架，我就钻进他的肚子里，咬他的心。"

我继续问铁蛋："还有吗？每人允许变两样。"

这回，铁蛋没用多想，兴奋地说："另外一样，我变成一缕烟，从供销社门缝钻进去。钻进去之后，可劲吃好吃的，什么槽子糕哇、饼干哪，还有罐头……简直太美了！"

我看一眼铁蛋。他眯着眼睛，舌头还舔了舔嘴唇，真好像把好吃的吃到了嘴里。

我用胳膊肘拐了一下铁蛋："别做梦了，醒醒吧。听我说说，你看咱俩谁说得好。"

铁蛋一脸的不服气："说出来看。"

我说："我不像你，死笨死笨的，还变成一缕烟，钻进供销社里可劲吃好吃的。你可劲吃能吃多少？我要变好多好多钱，钱揣着多方便呀，有钱了想吃啥买啥！"

铁蛋嘲笑我说："你才死笨死笨的，你变多少钱都没用。你看，买好吃的要粮票，买好衣服要布票，买自行车要车票……买啥都要票，光有钱没有票白扯！"

我一寻思，铁蛋说的在理儿。的确，买东西都需要票，票和钱缺一不可，同等重要。想到这儿，我马上说："那我第二个就变票，什么票都包括。"

铁蛋服气了，他承认自己要变的没有我要变的好。他说："看来还是多念书好，识字多了想的就是不一样。"

三

有一天，我和铁蛋爬进生产队的瓜地，偷了几个香瓜，神神秘秘地跑到招弟儿家柴草垛上吃。

正吃着，看见草垛下面一个女的和一个大个子男知青亲热。那场面，臊得我都不好意思看了。当时我虽然用手捂上双眼，可是目光通过手指缝，还是看得清清楚楚：大个子知青抱着一个女的在亲嘴……

铁蛋看傻眼了，他突然小声问我："那女的不是招弟儿她老姨吗？"

不想，这话让招弟儿她老姨听到了，她一下推开压在身上的大个子知青，慌张整理凌乱的衣服："有人看见了！"

大个子知青抬头看到了我和铁蛋，向我俩投来恶狠狠的目光。

我心"咯噔"一下，顺嘴而出："要挨揍哇！"

铁蛋听罢，一下跳下草垛，撒腿就跑。我紧随其后。

我和铁蛋呼哧带喘跑了好一会儿，扭头一看，大个子知青并没有追我们，真有劫后余生的感觉。如果大个子知青追的话，我们非得被逮住不可，那样就离倒霉不远了。

我和铁蛋在柴草垛玩得好好的，突然让一对激情男女给搅和了！

我俩不甘心，为了夺回我们阵地，我和铁蛋费尽脑筋编了一个顺口溜，并当招弟儿面嚷嚷："柴草垛，西瓜皮，里头猫着你老姨。你老姨，稀罕人，知青搂着啃嘴唇。"

可能招弟儿早已知晓她老姨和大个子知青的秘密，臊得小脸通红，她硬撑干巴强回击我们："你俩老姨，你俩姨，花肚皮，酱杆儿肚子蹚稀泥。"

一看招弟儿这么强硬，我和铁蛋放出狠话："你等着，我们非得把你老姨和大个子知青亲嘴的事儿当外人说，看谁砢碜！"

那个特殊年代，男女青年几乎没有自由恋爱的，婚姻大事一般都要由媒人介绍。即便介绍成了，男女交往也要偷偷摸摸地进行，绝对不能让别人看出来。

就是两人走在大街上，也不能在一块儿，或者前一个后一个，或者道这边一个，道那边一个。

如果没等结婚就在一起，会遭人笑话。舌头长的村妇会说男方耍流氓，女方不正经。

作为男方，让人说耍流氓了，都不是一件好事，况且一个黄花大姑娘让人说三道四。

如果一个大姑娘沾上了不正经的名声，后果是非常可怕的，不仅自己的名声受损，就连家人也跟着"吃挂落儿"。

招弟儿想了半天，十分认真地问我和铁蛋："你们想败坏我老姨的名声，是真的吗？"

铁蛋一仰脖抢先回答："那还有假？我们说到做到。反正我也不上学了，老师也管不着我。"

招弟儿气得小脸通红，她说："你们两个臭不要脸的，霸占我家柴草垛，还要败坏我老姨名声，你们想让我咋办？"

铁蛋小脖儿挺挺着说："咋办？那当然有办法。"

经过反复"交涉"，我俩和招弟儿达成了协议，还伸手拉了钩。

协议大体有两条：一、让招弟儿偷着告诉她老姨换个地方儿与大个子知青亲热；二、如果她老姨和大个子男知青换地方了，我俩再也不提亲嘴的事。

过了两天，我和铁蛋试探着去了两次招弟儿家的柴草垛，果真没见到招弟儿她老姨的影儿，也没看见那个大个子知青。

我和铁蛋又成了招弟儿家柴草垛的常客，并且把招弟儿也拉进了我们玩耍的行列。

我表扬招弟儿说话算数，招弟儿一副开心的样子。我们围着柴草垛玩过家家，玩藏猫猫，过着特别开心的日子。

在玩过家家的时候，我看一眼招弟儿沾满灰尘的小脸蛋，想起了她老姨的长相，我说："你老姨的脸蛋真漂亮，比你好看多了。眼睛比你大，还水灵灵的，怪不得大个子男知青看上了，都怨她太招风。"

招弟儿呼地一下站起来，她用小手指着我的鼻子说："你是个大骗子，不遵守协议！不能再提我老姨的事儿，说她漂亮也不行，更不能与那大个子男知青一起提。"

我疑惑地问招弟儿："咱们拉钩定的协议是说，以后不再提你老姨亲嘴的事儿，也没规定不许说你老姨漂亮呀？"

招弟儿一跺脚："就是不许提了，凡是与我老姨沾边的都不许提。"

一看招弟儿真急眼了，我假装扇了自己一个耳光，向招弟儿道歉："我这个猪脑袋，违反了协议，下次一定长记性。"

四

东北的春天来得晚一些，都到四月末了，大人和孩子身上的棉衣还没有脱下来。

冬天的时候，草甸子让皑皑白雪覆盖了，草不好割，我和铁蛋去割柴草的时间并不是很多。

开春了，草甸子上的积雪开始融化，草一大片一大片裸露出来。这个时候，我和铁蛋几乎天天都去割草。

我下午三点多放学，而下午五点多天就黑了，中间割草的时间只有两个多小时。因此，我和铁蛋不敢走远，只能在离村不远的草甸子转悠。

离村不远的草甸子，经过牲畜啃咬，草不是很高，有高草的地方，也让村民割得差不多了，能在天黑前割上几捆，算是不小的收获。

赶上一个星期天，因为我不用上学，铁蛋早早来到我家叫我。

他说："今天走远点，过了北壕，就是红叶农场地界，那里是水田区，水田的水漫到草甸子里，因为有水的原因，草又高又密。"

我说："农场草甸子的草好是好，听说有人看着，不让农场以外的人割。"

铁蛋一拍胸脯说："我都打听好了，农场草甸子确实有人看管，他们不让成车割，一次割个十捆八捆，没人管。"

我还是不放心："北大壕八成开化了，能过去吗？"

铁蛋打保票："现在北壕的冰刚刚开化，还没化透呢，踩着冰就过去了。"

妈妈知道我要去远地方割草，给我烙了两张白面饼，还给我煮了两个鸡蛋。这些好吃的只允许我带着，到割草割饿的时候吃，早饭依然是玉米饼就咸菜。

铁蛋看我带好吃的，馋得咽了一口吐沫。他从棉袄兜里掏出一个塑料袋，我一看，塑料袋包裹着一个玉米饼和几根咸菜条。

他小声对我说："我的命好苦哇！你带的是白面饼，我带的是玉米饼。啥也别说了，到时候，你那两个鸡蛋要分给我一个。"

我说："美得你。"

铁蛋一吐舌头："到时候别让我动手抢就是了。"

我和铁蛋带上绳子，拎上镰刀，往北大壕方向赶。走了一段农田道，穿过一片矮草甸子，前面就是北大壕了。

北大壕的冰果真只化了一点表层，脚试着踩，还真能过去。我俩踩着浅浅的水很容易就到了对岸。

过了北大壕，心情这个好哇！放眼望去，前面是一望无际的深草甸子，所谓的深草甸子就是草长得茂盛，而且还高。我俩走进去，草都没过我俩的脖子了。

这种长势茂盛的草，我非常熟悉，它有个很好听的名字，叫小叶樟。小叶樟是三江平原特有的草种，它的茎坚挺直立，称得上是草中之王。

小叶樟一般用于编草帘子，如果烧火做饭用它，要比其他草抗烧，散发的热量大而持久。

我和铁蛋看花眼了，瞅瞅东面的草好，又看西面的草高，很快就割了十捆。铁蛋还要割，我阻止说："割多了背不动，累吐血没人管你。"

铁蛋听了我的劝告，放弃多割几捆的念头。这个时候，日头已经偏西了，估摸下午一点多了。

我和铁蛋真饿了，坐在草捆上吃饭。我把鸡蛋分给他一个，他让我咬他的咸菜条。他家咸菜是用大酱腌的，颜色发红，比我家用咸盐腌的咸菜好吃。

坐着吃累了，我俩起身站在一块土坎上，一边吃一边往北面看。北面视野宽阔，看得远，仿佛连接天边的草甸子，隐隐约约露出一片片红色，那片片红色是红叶农场的砖瓦房。

砖瓦房之处有人活动的缘故，升腾起气浪，气浪在乍暖还寒的空气里抖动、扩散。

转身往南望，南面近处是家，再往远看是高高的猴石山。本来猴石山是有树的，可是眼前，因为树的老叶子落了，新叶子还没生长出来，因此，无法遮挡青色的山体，山体凹处依然积存着白雪。

到夏天的时候，远看猴石山那才漂亮呢，郁郁葱葱的树把山体遮挡得严严实实，山上缭绕着雾气，显得既朦胧又神秘，东极第一城——佳木斯市就在它的脚下。

东极第一城，是我和铁蛋做梦都想去的地方。因为有松花江阻隔，我们村里人去过的很少。

招弟儿她老姨曾经领着她去过。她回村的时候，穿着花裙子，吃着冒凉风的糖块，美得小脖歪歪着。

招弟儿说："佳木斯有百货大楼，有刘英俊公园，有饭馆，满大街全是自行车……"

我和铁蛋，还有其他几个孩子都听直眼了……

想也白想，抓紧吃完好往家赶。

干粮吃完了，口渴得厉害。我和铁蛋找一处有积雪的地方，用镰刀刮去雪的表层，抓两把没被污染的雪塞进嘴里，这算是解渴了。

我俩把割的草用绳子绑好，我先坐下，把胳膊伸进捆草的绳子里，铁蛋面对我，双脚蹬住我的双脚，双手搭上我的双手，他使劲一拽，我就从坐姿变成站姿了。

之后，铁蛋坐下背上草，我用同样的办法把他拽起。我俩都背上了草，一前一后晃晃悠悠往家走。

# 五

大约离家还有二里地的时候，身后突然传来十分恐怖的声音："站住！"

我打个冷战，以为是农场看草甸子的追上来了，怯生生扭头一看，心里更加恐惧了。

喊我们站住的人，个子高高的，刀条脸，满脸雀斑，一对小眼睛。

这个人我认识，铁蛋也认识，他就是在柴草垛把招弟儿她老姨压在身下的那个大个子知青。

铁蛋看见大个子知青，双腿发抖，直往我身后躲。

大个子知青招招手，示意让我和铁蛋去他跟前，他有话要和我俩说。

我和铁蛋挪动到大个子知青跟前的壕沟边，坐下，大个子知青坐在我俩中间。

这时候我才注意到大个子知青的穿戴：他上身穿一件灰色中山装，下身穿的是一条绿军裤，一条黑色带白点的围脖缠在脖子上。

大个子知青瞪了我一眼，又瞪了铁蛋一眼，放出恐吓的话："你俩嘴够欠的！"

我说："大哥……"

话说了半截，我又咽了回去。当时，我十四岁了，估摸大个子知青也就比我大个四五岁，按理说，我应该叫他哥哥，为了讨好他，我改口了："叔叔，你在草垛那事儿，我们没当别人说。"

铁蛋的脸吓得煞白，磕磕巴巴地说："叔叔，你……在草垛……那事儿，我也没……对任何人说。"

一听我俩这么说，大个子知青一伸手掐住铁蛋的上嘴唇，他几乎一个字一个字往出吐："你、再、说、一、遍！"

铁蛋直摆手："不敢了，不敢了，不敢了。"

大个子知青冷冷的目光转向我，我把头低下，不敢看他，更不敢吱声。心想，就他这身板，不用费劲，收拾我十个来回都绰绰有余，好汉不吃眼前亏，不管他说啥，我都不能顶嘴。

大个子知青伸手揪住我的右耳朵问："你俩都当谁说了？不说清楚就别想回家。"

我胆战心惊地说："我俩就当招弟儿说过，除了她，真没对任何人说。"

大个子知青仰脖望了望天儿说："看来，你俩的嘴还是欠了，那咱们要好好谈一谈。"

我和铁蛋直愣愣地看着大个子知青，不知道他下一步要干什么。

大个子知青顺手捋过一根儿粗蒿子，一下撅折："你俩听清了，从今天起，不许再去那个草垛玩！不听话的话，应该知道后果有多严重！"

我点了两下头，表示接受。

铁蛋也效仿我做了。

大个子知青紧一紧围脖，拍拍屁股上沾的土，头也不回地走了。

我松了口气："哎呀妈呀，吓死我了。"

铁蛋拍拍胸口，喘了口粗气："我的心都快从嗓子眼儿蹦出来了。"

看大个子知青走远了，不可能听到我俩说啥了。铁蛋狠狠朝地上吐口吐沫："呸，大人欺负小孩，啥玩意？"

我嘲讽铁蛋："孩子死了来奶了，刚才你咋吓哆嗦了？"

铁蛋说："站着说话不腰疼，刚才你敢嘚瑟呀？"

我说："谁也别说谁了，算咱们幸运，没挨揍。"

我和铁蛋互相拉了一把，起身继续往家走。

铁蛋紧皱眉头，唠叨着："真是奇了怪了，大个子知青长得那个熊样，一看都让人恶心。招弟儿她老姨长得多漂亮，她哪根神经出错了，竟然和他扯上了！真是一枝鲜花插在了牛粪上！不，他连牛粪都不如，是摊狗屎。"

我提醒铁蛋说："啥也别说了，咱俩可要记住，再也别去招弟儿家柴草垛玩了，离那儿远点。我看大个子知青不是啥省油的灯。"

我和铁蛋背着草进了村，他回他的家，我回我的家。

吃完了晚饭，我正愁去哪儿玩。以往这个时候，我就会往招弟儿家柴草垛那儿跑，在那里与铁蛋"不期而遇"，今天不敢了。

正在这个时候，铁蛋神神秘秘地闯进我家。他一进屋就嘴对着我耳朵说："来你家，本来路过招弟儿家的柴草垛，今天没敢从那儿过，是从西面绕过来的。"

我嗤之以鼻："这种事你也要显摆显摆？"

铁蛋说："别整那没用的，你快说说，招弟儿家柴草垛不能去了，咱们还能去哪儿玩？"

我想了想，没想出好去处。忽然，看到放在炕上的弹弓子："有好玩的地方了，村北那儿有片松树林，挺大一片呢，里面可好玩了，啥鸟都有。以后，咱们就去那儿打鸟玩。"

铁蛋乐得直搓手："太好了。"

我们成了松树林里的常客，有的时候去找招弟儿一起去。

招弟儿说，她害怕松树林的坟地，于是，她左躲右闪不肯跟我俩走。

# 六

大约过了半年，听人说，村北的沟塘里扔个死孩子。村里人议论纷纷。

我和铁蛋挺好奇，特意去看了看。

北沟塘离村不远，也就一里多地，挨着那片松树林。因为刚开春的原因，不算深的沟塘里并没有水，死孩子就躺在沟底。

死孩子被稻草裹着，腰部缠了三道稻草绳。在我们去之前已经有人扒拉看过，因为腰部稻草绳开了，裹死孩子的稻草有了很宽的缝隙，通过缝隙，看到死孩子不大，小手小脚佝偻在胸前，青紫的小身子，小鸡鸡都看得清。

看死孩子的时候，真的挺害怕，我浑身直起鸡皮疙瘩。要是没有铁蛋在跟前，我自己绝对不敢这么近距离接触。

铁蛋说，他自己也不敢看，只有我俩相互壮胆才行。

临离开时，我在河沿上薅了几把草，要给死孩子盖一盖。

铁蛋拦住了我。我很疑惑。

铁蛋告诉我："不能给盖上。听大人说，死孩子不能土埋，也不能第二次盖草，那样就不能托生了。露天扔着，是为了让鹰啦狼啦吃掉，这叫天葬，天葬了好托生。"

当天晚上，铁蛋神神秘秘地找到我，他说："有个大秘密。"

我说："在你那儿啥都是大秘密，快说吧。"

铁蛋说："你知道那个死孩子是谁的吗？"

我摇摇头。

铁蛋说："是招弟儿她老姨的！"

听罢，我倒吸了一口凉气："她的？"

铁蛋继续把了解到的秘密告诉了我。

大个子知青回趟上海，被一个女同学相中了，女同学的老爸是上海一名高干。高干打了个电话，就给大个子知青办了一个返城指标。

面对返城，大个子知青不顾一切了，明知道招弟儿她老姨怀孕，还是把她甩了。

招弟儿她老姨疯了，孩子出生的时候，就已经死了……

铁蛋不去割草的时候就在村里转，那真是，哪儿热闹往哪儿凑，因此，他知道的情况非常多，而且还靠谱。

大个子知青太缺德了，活生生把招弟儿她老姨祸害了。为这件事，我气愤了好一阵子。


有一天早晨，门外突然传来"救火呀，救火呀"的喊声。

刺耳的喊声把我从梦中惊醒，我爬起来没顾上穿衣服，只穿条裤衩就往外跑。

跑到街上一看，可不是咋的，招弟儿家的柴草垛着起熊熊大火，已经有几个人端着盆、拎着水桶忙着往火上浇水。

柴草垛大，当时还有点风，火着得特别旺。也许是浇上的水少的原因，并不起多大作用，火依然着，而且越着越大。

为了防止火烧连营，有人开始挪动临近的柴草垛，清理出隔离带。

　　我亲眼看见，招弟儿哭喊着不让大家救火，她还把一件纱料白裙子和一沓信扔进大火里。

　　有人不解地问招弟儿："这是咋的了？火是你点的？"

　　招弟儿一边哭一边说："烧吧，烧吧，都烧了，都烧了，都烧了我老姨的病就好了！"

　　救火的人并不在意一个孩子的"胡言乱语"，继续取水救火。

　　赶来救火的人越来越多，火被扑灭了。曾经大大的柴草垛变成了一个大灰堆，远远看去好像一座黑坟。黑坟阴森森的，白天经过的人躲着走，晚上更没人敢靠近，都绕道走。

　　有人捡到一封没有烧尽的残信，仔细一看，是大个子知青曾经给招弟儿她老姨写的情书。

　　招弟儿扔进火里的那件纱料白裙子得到知情人的证实，也是大个子知青给招弟儿她老姨买的定情物。

　　事后，有人看见招弟儿她妈问招弟儿："咱家柴草垛真是你点着的？"

　　招弟儿承认了，她妈妈好顿把她揍。她在挨揍的时候，咬牙挺着，一个眼泪疙瘩都没掉。

　　柴草垛烧了，情书烧了，纱料白裙子也烧了，虽然都烧了，也没得到招弟儿想要的结果。她老姨的疯病不但没有好转，反倒越来越严重。

　　我亲眼见过，招弟儿她老姨一丝不挂，满村乱跑。

　　她看到臭水沟子里有头老母猪拱稀泥，也进去打几个滚儿，身子沾一层稀泥，脸也被稀泥遮盖了。这时候她傻傻一笑，只露出一口白牙。小孩子见了，吓得魂飞魄散，一边跑一边嚷嚷："有鬼了，有鬼了……"

招弟儿变了，变得内向了，不愿意说话了，也不与我和铁蛋一起玩了。

她不止一次埋怨救火的人，她说，如果那天没人救火，柴草垛烧尽，烧透，她老姨的疯病也许能好。

而我和铁蛋，随着年龄的增长，两家的柴草垛越来越大，越来越高。村里人好说："大人做的事不太像话，孩子们倒是越来越懂事了！"

# 遥远的苹果

　　我的亲爹在逃荒东北的路上饿死了，我随娘改嫁给一个姓王的"跑腿儿"（单身汉），这是娘在我刚懂事儿时告诉我的。

　　我的后爹一天到晚板着面孔。照实说，他心眼儿并不是很坏。当别人说三道四，尤其是多事儿的后奶唠叨白养活我这个外姓人时，后爹的脸会变得铁青。我和娘瞧见他连大气都不敢喘。

　　我十岁那年八月节的前两天，在县城钢铁厂上班的三叔回村。我在村口看到了他，他拎个提包直奔前趟街的后奶家。

　　我猜想，三叔拎的提包里一定有不少好吃的东西，如果他手里没拎那个提包，我也许会上前与他打招呼，喊他一声叔叔。

　　我怕别人说我是奔提包去的，那样会落个馋嘴坏孩子的名，因此，我没有那么做，而是远远地躲到了一棵大杨树后面。等他身影离我远了，我爬上树撅了一些干树枝儿，着急忙慌跑回家。

　　跑回家的目的很简单，就是给娘报个信儿。

　　刚进家门，就瞧见后奶手里拿着两个小苹果在和娘嘀咕着啥。

见我进屋，后奶迅速把苹果塞进娘的围裙兜里。

我假装没看见，走到水缸边，拿起水瓢，从水缸里舀了半瓢凉水，"咕咚咕咚"喝下。

后奶看了我一眼，若无其事地往外支我："都是大小伙子了，就捡那么点柴火？还不再去多捡点。"

娘也随着说："还不听奶的话快去。"

我抹了一下嘴丫子的水珠，无趣的样子，转身走了。

其实，我并没有走远，而是悄悄藏在门后，偷听后奶和娘背着我说些啥。

"他三叔回来，拿了几个小苹果，二叔那边还有一帮孩子呢，给你们两个。"这是后奶的说话声。

我心里想：后奶真偏心眼儿。因为我身下有一个弟弟一个妹妹，他们都是后爹亲生的。后奶只送来两个苹果，显然没有我的份儿。

不，即使后奶送来三个苹果，我这个被她挂在嘴边的外姓人，也不待捞着的。上次后奶送好吃的就留了一手，背着我和娘给了后爹。

我敢保证，这次后奶还会偷着给后爹一个大苹果，指定比送给娘的这两个大。

想到这儿，我的眼泪悄悄淌下来。热乎乎的眼泪顺着鼻凹一直淌进嘴里，眼泪的味道不是像有些人说的那样发咸，而是发苦、发涩。

"大的不用给，两个小的也不能一次给他们。"这是娘的声音。

我从门缝看到娘从围裙兜里掏出一个苹果，把它放到菜板子上用菜刀切成两半，随即，她拿着两半苹果和后奶进里屋哄弟弟妹妹去了。

丝丝缕缕苹果的香甜气息冲出门，钻进我的鼻孔。我咽了一下口水，擦了一下眼泪，感觉自己像一片秋天枯黄的树叶，轻飘飘、孤独地随风而去。

我浑身感到寒冷，心里诅咒起后爹和后奶……

天黑下来，我们全家人关灯上炕睡觉。我在间壁的小北屋住，躺炕上半天了，咋也睡不着。一直听着南炕娘和后爹，还有弟弟妹妹的动静。

弟弟妹妹吵闹着还要吃苹果，吵闹声刺激得我不想苹果的事情都不行。

"好东西不一下吃了就能死！"娘生气地唠叨一顿。伴随着她的唠叨声，我判断她下炕走向外屋。

很快，切苹果的声音使我再次咽了一大口口水。

委屈、无助、痛恨，我的心里没有别的感受，只有这些。

忽然，我感觉动静不对！真的好纳闷，娘的脚步声咋离我越来越近？她的双脚好像已经站在我头上炕沿边的地上了。

我仰脸一看，没等辨认清娘的脸，娘将一片苹果快速往我嘴里塞。

也许是没有光亮，也可能是娘"心虚"所致，她手直哆嗦，手里的苹果片跟着"共振"。这样一来，苹果片误撞我的腮两次，最后才"找到"我的嘴，我一下咬住了那片苹果。

这片苹果是苹果的中间部分，因为苹果的小尾巴还在上面。苹果片不是想象的那么薄，而是非常厚实。

娘为啥给我切了苹果的中间部分，我懂她的良苦用心。她如果把一个苹果切成三块，弟弟妹妹会发现苹果少了，那样的话，他俩会闹娘。

切出苹果的中间部分给我，不容易被矫情的弟弟妹妹发现，这样，娘可以"蒙混过关"，顾及到我。

想到这儿，我眼睛一热，喉咙发紧。

我右手在被子上蹭了蹭，伸出拇指和食指，小心翼翼捏住苹果片，之后一小口一小口吃。

我吃苹果片的时候从两边咬，一点一点地咀嚼，慢慢咽下，即便这样，苹果片还是越来越小了，到后来只剩下苹果核了。

我不忍心把剩下的苹果核马上吃掉，而是将它含在嘴里吮吸着它的汁液，为的是让偷偷摸摸且美好幸福的母爱在我口腔里久留一会儿。

苹果堵住了弟弟妹妹的小嘴，他们也不闹了。

我听到后爹"唉"了一声，之后，他问娘："没给老大一块？"

娘回应："他睡了。"

后爹咳嗽着下地，这是他到外屋马桶撒尿的前奏。

我把头缩进被窝，想趁这段时间把嘴里的苹果核嚼碎咽下，以防止后爹查看我，验证娘的谎话。

果不其然，后爹大脚板趿拉鞋的声音离我越来越近，我快速胡乱嚼碎嘴里的苹果核。然而，苹果核里像塑料布一样包籽的硬皮儿不容易嚼碎，更不好嚼碎的是火柴棍儿长短的苹果小尾巴，它发艮，直戳牙花子。

情急之下，我把它们囫囵半片咽进肚里。

就当时来讲，别说是一个苹果的小尾巴，哪怕是只小刀片，为了不连累命苦的娘，我都会毫不迟疑地把它吞下！

做完这些，我紧闭双眼，装出睡熟的样子，还发出呼噜声。

突然，一只粗糙大手伸进我的被窝，贴着我身体左侧放下一个圆圆的东西。我猜测，一定是一个大苹果。

后爹的背影离开后，我一手抓住那个圆圆的东西，把它放在鼻孔闻了闻，真的是一个大苹果！

我心一阵狂跳，简直不敢相信这是真的！

我把苹果贴在胸口，咋也睡不着。滚烫的泪水刹那间迷蒙了双眼，并从眼角滚落，浸湿了枕头一角。

我嘴狠狠咬着被角，以防止哭出声——我哭母爱的偷偷摸摸，我哭我对后爹的错怪，我哭我苦命中也有甜蜜……

我做了一个甜美的梦，梦中，我躺在弥漫着清香的苹果园里。

苹果园的树上、筐里、地上，到处都是大大的圆圆的苹果。我怀里抱着，嘴里吃着，吃也吃不完，打着饱嗝，满嘴都是香甜的苹果味。

兴奋了一夜，我急切地盼着天明。天明后，我要找机会向娘报告喜讯，还要让她先咬一大口我手里的大苹果，她咬完了我再慢慢吃！

天蒙蒙亮了，我穿好衣服，等着娘下地去外屋灶房做饭。

我要在这个时候去见娘。

我没有想错，娘早早穿衣下地，她给熟睡中的弟弟妹妹掖掖被子，转身去了外屋。

我蹑手蹑脚跟了出去。

见到娘，我急不可待地拿出那个我一直没舍得吃的大苹果，欣喜若狂地凑到娘跟前，压低声音炫耀："这是爹昨晚偷着塞给我的，娘，你先吃，你咬一大口！"

娘瞪大眼睛看看我，又看看大苹果，脸上露出惊喜的神情。

突然，她猛地一下把我搂在怀里。我眨着双眼望着她，等待她的嘴狠狠咬一下我手里的大苹果。

可是，出乎我的意料，娘嘴角颤抖着，没有去咬苹果，她的眼泪却像雨一样浇在我的脸上……

# 全 家 福

## 一

　　虎子爹是两年前离开小山村跟随打工大军进城的。那时虎子刚上小学三年级。

　　起初，虎子爹还按月给家寄钱来，可好景不长，一来二去钱就断溜儿了。这还不算，虎子爹换了手机号，虎子妈咋也联系不上。

　　虎子妈预感到情况不妙，她左打听右打听也没得到丈夫的消息。一个远房亲戚从山那边的省城——滨江市回来，告诉虎子妈："你家那口子挣俩钱儿烧的，老毛病又犯了，我亲眼看见他领个'小妖精'逛街，都不知道咋嘚瑟好了。"

　　怕空口无凭，虎子妈不相信，远房亲戚掏出手机，让虎子妈看里面的照片。虎子妈低头这么一看——虎子爹眉开眼笑地挎着一个女人的胳膊。

虎子妈肺都要气炸了，她说："这哪像刚勾搭的，不在一起睡了能这样吗？我还在家守活寡呢！"

　　远房亲戚在一旁添油加醋："就这货色，赶紧和他离，啥玩意！"

　　虎子妈几乎精神崩溃，远房亲戚刚走，她就抓起摆在梳妆台上的小相框，狠狠摔在地上。

　　相框玻璃四崩五裂，里面的全家福飞出老远。

　　虎子妈捡起全家福，"嚓嚓嚓"几下，将其撕成碎片，就势扔出窗外。

　　一旁的虎子被吓傻了，哇的一声哭了。

　　虎子妈骂道："哭啥哭？这样的歪根也长不出啥好苗！"

　　虎子趁妈妈不注意，把已经撕成碎片的全家福搜集起来，用一张纸包好，塞进书包。

　　虎子妈坐卧不安，精神接近崩溃，她决定把虎子托付给他大爷（大伯），自己进城找虎子爹去。

　　临走时，她还扔下一句气话："找不到那个不是人的东西，我也不回来了！"

　　妈妈走了，虎子住在了大娘家，住可是住，他心里直发虚。

　　虎子偷偷用胶水粘全家福，大娘看到了，没好气地说："都不是好东西，粘那玩意干啥？"

　　课堂上，班主任刘凤老师讲完新课，有的同学在思考，有的同学埋头写作业。

　　虎子低头一点一点拼凑、粘贴他的全家福，因为虎子妈把全家福撕得太碎，粘起来难度很大，整个一堂课，他也没粘好。

　　粘不好，虎子没有心情听课、写作业，他足足占用了两堂课的时间，才把全家福粘好。

这是一张彩色的全家福，全家福里有虎子爹、虎子妈，还有虎子，虎子坐在爹和妈的中间，乐得小脑瓜歪歪着。

那还是虎子十岁的时候，县城修建好了凤鸣公园，虎子妈和虎子爹带他去玩。

凤鸣公园可大了，有石拱桥，有荷塘，有假山，有儿童城堡，最漂亮的要数凤鸣塔。

凤鸣塔一圈有六个铁铃铛，铁铃铛在风中晃动，发出“丁零零”的声响，塔尖高高的，刺向蓝天，虎子都担心塔尖会刮到过往的飞机翅膀。

游览完凤鸣塔，一家人坐在台阶上，照了这张全家福。

妈妈把新买的缠有蝴蝶结的发卡戴在头上，笑得可灿烂了；爹戴着太阳镜，显得酷酷的。

虎子一只手搭在妈妈的手上，另一只手攥着爹的手，坐在中间的他乐得合不上嘴。

照片当场就洗出来了，虎子拿到手，看了看说：“不好看。”

虎子妈问：“咋不好看？”

虎子说：“我忘了掉一颗门牙的事儿了，嘴张着，黑咕隆咚的，太砢碜，我要闭嘴照一张。”

爹说：“你是配角，你妈是主角。你看，你妈这次照得多好看，嘴唇下那颗小美人痣，清清楚楚，相当有个性。”

一听爹这么说，妈妈也不同意再照了。对此，虎子进行了抗争，他说：“我同学看到这张照片，又该说我了，说得可难听了。”

虎子没说假话，他掉了一颗门牙，有的同学当他面喊：“豁牙露齿一溜沟，人家拉屎，你往里抽。"

虎子还嘴："你往里抽，你往里抽。"

同学们哈哈大笑，用手指着他的嘴喊："看到没，谁有豁牙子，谁才往里抽呢。"

虎子一下捂住嘴，不敢对阵了。

妈妈说："小孩懂事儿了才开始换牙，你掉牙证明你懂事儿了。大宝贝，新牙很快就会长出来，其他同学不掉牙，说明他们还不懂事儿。"

虎子仰脖问妈妈："真的？"

妈妈点点头。

虎子说："那我就信你一回。"

回家的时候，妈妈特意买了一个小相框，把全家福装进去。

虎子抱着全家福，蹦蹦跳跳跟着妈妈和爹回家了……

虎子把碎片全家福粘好，眼泪一对一双掉了下来。他怕眼泪溅湿"破镜重圆"的全家福，将它小心翼翼地夹在一本书里。

刘凤老师走过来："虎子，你总低头鼓弄啥？"

虎子撒谎说："肚子，突…突然疼了。"

刘凤老师一看虎子有泪痕，以为疼得流泪了，相信了他："快回家去，让你大娘给整点药吃。"

虎子收拾好书包，走出了教室。他没有直接回大娘家，走了一段路之后，钻进一片小树林。刚进树林，他的眼泪就像断线的珍珠，噼里啪啦往下掉。

他从书包里拿出修复好的全家福，看着，哭着，他心里不住地念叨："妈妈去省城快快找到爹，我们一家还要像以前那样，在一起，开开心心、快快乐乐……"

# 二

俗话说：羊肉贴不到狗身上。虎子在大爷家待久了，大爷行，大娘接受不了。

虎子的大娘认为供个白吃饱，把对虎子爹妈的怨气全撒在虎子身上。

一天，大娘脸拉拉着，在仓房叮当山响拌鸡食。她走到院子里气嚷嚷地边喂鸡边骂："自己的祖坟都哭不过来，还得哭别人家的乱尸岗子。男的女的，大的小的，一家子没一个好东西。说给寄钱，两三个月了，男的没影了，女的也没信儿了。"

虎子放学了，他背着书包正往院里走，听到大娘的骂声，他又退了回去，傻傻地躲在柴草垛后面。

他感觉肚子饿、心冷，抬头望着天上的太阳，眼里有泪，太阳的强光像长了刺，扎得他眼珠子生疼。

总躲在柴草垛后面也不是事儿呀！虎子装作啥都没听见，强打精神进了院，瞅了一眼大娘，赶忙钻进了屋。他连一口水都没敢喝，把书包放下，很自觉地拎起筐就往外走。

没走几步，他转身又回来了，从书包里拿出那张全家福，放进兜里，这才离开。在他看来，身上带着全家福，就是和爹妈在一起。

每天下午放学，虎子都要去北山坡采一筐猪食菜。今天，他主动拎筐走，大娘不但没有表扬他，反倒狠狠地瞪了他一眼。

虎子很饿，原本想到碗架子里找口吃的。可看见大娘瘆人的脸色，他只好表现得积极，装作不是很饿的样子。

北山坡上长着稀疏的杨树，绿草矮矮的，草的间隙里蹿出婆婆丁秆儿，婆婆丁的秆儿尖像顶着一团棉絮。

虎子蹲下身，撅一根婆婆丁秆儿，用嘴吹一下"棉絮"，"棉絮"带着小尾巴，随风飘去。

虎子联想到自己，自己就像随风飘去的"棉絮"一样，命贱，没有归属感。

刚刚采了半筐猪食菜，虎子肚子"咕咕"叫得厉害。他向草地边的一块菜地走去，迈过一道壕沟，蹲在一片西红柿地里。

这片西红柿是村里老孙头种的。老孙头驼背，走道猫猫着腰，戴着一顶怪怪的帽子。

村里人都说老孙头小抠，虎子不这么看。去年，老孙头地里的西红柿熟了，他最先摘了两挎兜给虎子，虎子吃得可香了。

那次，老孙头看着虎子吃，脸上的皱纹都乐开了。他摸着虎子的头说："好孩子，你主动帮爷爷照看这片菜地，爷爷心里有数。"

其实，虎子也没特意帮老孙头照看菜地，有几次，虎子到菜地里挖猪食菜，看到农户家散养的猪进地了，他多跑了几步道，把猪轰走了。

这次，虎子心想，老孙头对他好，他实在饿了，吃几个西红柿，即便让老孙头发现，也不会遭到责怪。

他找了半天也没找到熟透的西红柿，摘了两个半生不熟的。半生不熟的西红柿半拉青半拉黄，吃进嘴里，酸得嘴唇发麻。

他又到西红柿地旁边的大葱地，拔两根大葱吃，大葱吃到胃里，辣得胃生疼。

虎子又想起狠心的爹、狠心的妈，心里酸酸的。他咋也想不明白，别人家的爹妈都拿自己的孩子当个宝，自己为啥被爹妈抛弃？为啥这么命苦？

"谁呀？这么败家！西红柿还没熟就摘！"突然传来说话声。

虎子扭头一看，老孙头拎着一把镰刀走过来。

虎子心里有愧，本来想跑了，然而，他没有那个力气。

老孙头走到跟前了，他看虎子手里掐着两根大葱，嘴里发出"嘶啦嘶啦"的声音，猜到虎子是空嘴吃大葱，辣着了。

"是虎子，我当谁呢。饿了吧？放学回家没找到吃的？"老孙头问。

一听老孙头关心的话语，虎子眼里闪着泪花。

老孙头叹息一声："正是长身体的时候，饿得快。你不用说，我也能猜个八九不离十——你大娘家有吃的，她也不会让你吃到嘴。"

虎子望着老孙头："你咋能猜到？"

老孙头说："你孙爷爷我，活得土都埋到脖颈了，啥事我猜不到？都怪你爹你妈没正事儿呀！"

虎子的眼泪溢出眼眶，他用手擦了擦。

老孙头的手哆哆嗦嗦伸进自己怀里，摸了半天摸出两张一元的纸票，递给虎子："拿着，去小卖部买两个面包吃，吃没熟的柿子，容易坏肚子。"

虎子愣愣地看着，没有接那两块钱。

老孙头急眼了："这个孩子，给你，你就拿着！"

这回，虎子不敢怠慢了，他接过钱说了声："谢谢孙爷爷。"

老孙头说："如果你爹妈回来，我要说说他俩。嗨，不说这些了，快去买吃的吧。"

虎子拎起菜筐就走，走了二三十米远，又被老孙头喊了回来。

老孙头手里拿着一张十元的纸币对虎子说："拿着它，以后下午放学饿了，用它买点吃的，记住，不要乱花。"

## 三

奔头七岁，是虎子大娘的儿子。他搬来一个凳子，站在凳子上翻看挂在墙上的日历。他翻了三张，指着绿色的大字喊："妈妈，妈妈，还有三天就到六一了，我要好吃的。"

还有三天就到六一儿童节了，这个日子，虎子也早盼着呢。他盼着妈和爹给大娘寄钱，妈寄钱的时候，一定会写信或者打电话告诉大娘："过节了，给虎子买点好吃的。"

大娘接到钱，不多买，也得少买点呀。

然而，虎子看大娘脸色一直不好，意识到——妈和爹没有寄钱来。

奔头嚷嚷要好吃的，在小北屋写作业的虎子听到了，喉结动了动。

"我的小心肝，妈现在就去给你买好吃的，等着。"大娘说着，放下手里的活儿，出去了。

奔头从凳子上下来，朝小北屋走来，他对虎子显摆："我妈去买好吃的了，就是不给你！"

虎子瞪了奔头一眼："都给你吃，行了吧。"

奔头哼了一声，扔下一句"馋死你"，走了。

大娘从小卖部买回一兜小食品，她很吝啬地从兜里拿出两个

71

面包，走进小北屋，扔给虎子。

奔头跺起脚，哭闹着："都是我的，谁也不给。"

大娘哄奔头："给你的多，给他的少。"

奔头不甘心，看妈妈上外屋了，歪着小脖凑到虎子跟前说："拿来我家的好东西，你不是我家人，不能吃我家的好东西。"

虎子扛不住奔头嘟囔，还给他一个面包，打算自己留一个。想不到奔头不依不饶，上前一蹿高，抢过虎子唯一的面包："你一个也不能留，这不是你家。"

虎子气急了，推了奔头一把："一边去！"

奔头一屁股坐在地上，晃着大脑壳"哇哇"哭起来，还一个劲儿嚷："拿来我家好吃的，你爹你妈都不要你了，不给你寄钱了，不要在我家当白吃饱……"

大娘从外屋进来，不问青红皂白就训虎子："你多大了？长心了吗？咋把弟弟惹的？"

虎子好无助，好委屈，眼泪流了出来。

奔头仰脖向妈妈告状："他推我，把我推倒了，磕屁股了，好疼呀！"

大娘抱起奔头："小心肝别哭，别把他当人，他是只白眼儿狼……"

虎子把面包往炕上一扔，转身冲出房门。

小卖部里，虎子怀揣一线希望，用座机给妈打电话——停机；给爹打——依然是无应答。

他摸着兜里的全家福，凝视苍茫的西山，他知道，妈妈去的省城就在山的那边。

虎子眼圈儿红了，整个世界都迷茫了。他恨妈妈，他要亲自问妈妈："为啥扔下我不管?!"

难过也好,委屈也罢,虎子还得回到他不愿意待的大娘家。

与往常一样,虎子下午放学,拎筐去挖猪食菜。晚上开饭的时候,他挎着满满一筐猪食菜往家走。

刚走到家门口,就闻到炖小鸡的味道。

虎子心里美滋滋地想,今天他挖的菜多,一贯阴沉着脸的大娘一定会"多云转晴",她一高兴,有可能给自己多夹鸡肉吃。

他快走两步进了屋,一下看到大爷在炕上坐着。他放下菜筐,抹了一下额头的汗水,赶紧与大爷打招呼:"大爷回来了!"

大爷说:"虎子真懂事,挖了满满一筐猪食菜,快点吃饭!"

大爷是个木匠,自从虎子妈走后,他被邻村木匠铺的老板找去,一天到晚加班加点干木工活,不经常回来。今天木匠铺停工待料,他才有了空闲。

大娘打开电饭锅盛饭,她瞅了一眼虎子,阴阳怪气地说:"知道你大爷今天回来吧?要不,菜能挖得这么多?"

虎子感觉大娘说的话不好听,愣愣地看着她。

大娘又说:"别装糊涂了,快吃饭吧。"

就在这时,一个人走进大娘家的院子。虎子抬头一看,来的不是别人,而是他的班主任刘凤老师。

刘凤老师来家访了,虎子心里"咯噔"一下,马上感觉不饿了。

因为前几天考试,他有两科没及格,刘凤老师不仅当着全班同学面批评了他,还罚他站了一堂课。

刘凤老师进屋了,大爷、大娘与她打招呼,虎子借着这机会溜走了。他没敢走远,来到西大墙,蹲在墙根儿,心里乱糟糟的。

不知过了多久，大娘满院子喊："你个小瘪犊子，死哪儿去了，还不赶紧回来！"

虎子缓过神来，低头跟着大娘进了屋。

站在地中间的大娘瞅一眼炕上唉声叹气的大爷，教训起虎子："你说，差你吃了，还是差你喝了？考试两科不及格，拖了班级后腿，让老师找上门儿。你一天到晚念的是驴马经呀？"

"吃了饭再说，瞎吵吵啥？"大爷瞅了一眼虎子，说给大娘听。

一看大爷袒护虎子，大娘完全失去了理智，她抓起一只已经盛满饭的碗，使劲摔在地上："你们心咋那么大？还吃啥饭哪！我让你吃，我让你们吃！"

大爷瞪着眼，喘粗气，强压住火气。

"这日子没法过了！"大娘一下把电饭锅掀翻。

这回大爷火了，他一脚踹翻饭桌，饭碗、菜盘子滚了一地。

大娘大哭，双手"起舞"挠向大爷。大爷没有还手，只是用胳膊护着自己露肉的地方……

## 四

老孙头给了虎子十二块钱，虎子并没有用在买好吃的上，而是夹在了一本书里，与全家福放在了一起。

在虎子心目中，全家福与钱同等重要。也许有这笔钱的原因，虎子鼓起了去寻找妈妈的勇气。

他满脑子盘算去找妈妈的事情：从村附近的火车站到省城的火车票是四十二块钱，坐汽车差不多八十块。

他打算坐火车，小孩坐火车，身高不够可以免票，他想把自己"弄"矮了，那样就能用手里的十二块钱买点吃的喝的。

他去了火车站，跳墙绕过检票口，混入等车的人群。

列车轰隆隆驶来，虎子心跳加快，他缩脖、猫腰装成个子矮的样子。想不到，他的脚刚往车梯上迈，就被列车员喊住了："小孩，超高了，得起票。想逃票吗？"

装个子矮，这招没灵，虎子傻眼了。

列车躲着西山行走，绕了很多弯儿。虎子决心步行横穿西山，抄近道去省城。

临行前，他忘不了背上他的书包。他想，一旦有空，书还是要看的，如果找到妈妈，妈妈让他上学，他要把没及格的那两科撵上。

他花了两块钱买了四个馒头，矿泉水没舍得买，山沟里还能缺水？他捡了一个空矿泉水瓶，把它塞进书包。

虎子望了一眼西山，脚步轻快地走去。

顺着公路走，走到横在西山面前的汤旺河边，他停下脚步。汤旺河是由山泉汇集而成，水面宽，而且清澈。河水流到南面不远处，就汇入了松花江。

汤旺河有桥，虎子没有立即上桥，而是走到桥下。他从书包里掏出空矿泉水瓶，灌满水后又塞回去。

靠岸边的水面漂浮着紫红色的菱角秧，菱角秧中间挺立着一丛一丛翠绿色的水葱，一群小蝌蚪在水葱旁游动。

虎子想起小蝌蚪找妈妈的故事。他乐了，小蝌蚪找妈妈，我今天也去找妈妈，我和小蝌蚪有着一样的命运。

小蝌蚪在找妈妈的过程中，几次认错妈妈，虎子都历历在目——小蝌蚪开始把鸭子当成了妈妈，后来又把螃蟹当成了妈妈，不管咋样，小蝌蚪最终找到了妈妈。

虎子坚信，自己也能找到妈妈，因为，他会像小蝌蚪那样，永不放弃。

他从书包里找出全家福，看了一眼，鼓起勇气走过汤旺河大桥，向大山进发。

进了大山之后，已是傍晚时分。天下起了小雨，虎子摘了几片植物的阔叶，用于遮挡雨水。

山路泥泞，一走直"哧溜"，上坡下坡手都得拽着树枝，一不留神很容易掉进幽幽的山谷。

他听说过，城里一名户外运动爱好者，一不小心从陡峭的鹰山上摔下来，当时就摔没气了。

想到这儿，虎子打了个冷战。

西山是群山的总称，鹰山只是其中的一座。天黑了，虎子还没有翻过鹰山。

他曾探听过，翻过四座这样的大山，再走三四天才能到省城。他感到无比的恐惧。

雨点打在树叶上发出"嗒嗒"的声响，透过植物的枝叶和藤蔓射过来几束蓝瓦瓦的光亮，虎子想：那蓝瓦瓦的光亮，一定是狼的眼睛发出来的。

他浑身的汗毛都竖起来，手情不自禁地伸进书包，摸到夹全家福的那本书，他不敢把全家福拿出来，怕雨水把它淋湿，只是用手摸着。他有一个天真的想法，全家福能给他带来勇气，带来好运。

果然，他想出一个给自己壮胆的好办法：找来一根木棒，用木棒猛劲敲打树干，树干发出"咣当咣当"的声响，他伴着声响继续前行……

雨停了，冷风飕飕似小刀刮在脸上、身上。虎子孤独地爬上一座小山包，企求的目光四处搜寻，然而，到处黑森森，黑森森里不时闪亮着点点蓝光。

虎子有时埋怨自己，不该横穿这没有尽头的大山；有时还认为自己做得对，因为，只有找到妈妈他才有幸福。

头上的星星特别大，也特别亮，群星里好像有一双妈妈的眼睛……

远处传来火车的鸣叫声，他一阵狂喜，举目望去，西南方向的山沟里，有点点橘黄色的灯光。

不用质疑，那里一定是一个林区小火车站。虎子像抓住了一根救命稻草，疯了一样朝着灯光的方向奔跑。学校体育老师说过，跑能产生热量，是抗拒寒冷的好办法。他采用这个办法了，不然，非得冻死在这个荒山野岭。

到了林区小火车站，已是天光大亮。虎子双眼冒金星，浑身像散了架子，他瘫坐在火车道旁。

他喘了几口气，从书包里掏出馒头，狼吞虎咽地啃起来。吃急了，打开了饱嗝，他掏出矿泉水瓶，喝了两口，把饱嗝压了下去。

山路他不敢再走了，他必须想办法，借助火车这样的交通工具去省城。

转眼间，列车从山坡蠕动而来，虎子异常兴奋。他小手伸进裤兜，紧紧攥着那十块钱，想了又想，做好了两手准备：能逃票就逃，逃不了就买一段路程的车票应付。

山区小火车站，坐车的人少，想在上车的时候蒙混过关，那是不可能了。

常听大人说，活人还能让尿憋死？虎子想，可以选择另一种方法混上车，上车了，再见机行事！

虎子拿定主意，大大方方走向车门，举着十块钱对站在车门旁验票的列车员说："我上车买票！"

还别说，这招真管用，列车员一挥手，放行。

列车开动了，放飞了虎子的希望，也使他忐忑不安起来。虽然他自己走了很长一段山路，但是，十块钱买去省城的车票显然不够，他算了一下，最少也得三十多块钱。

别无选择，只好先躲着点验票的，等到离省城还有十块钱的票价路程了，他就理直气壮地买张车票，宁可没钱买吃的，哪怕要饭吃，也比这样提心吊胆强。

列车刚开出两站地，列车长就领着列车员验票了。验票是从车头那开始的，虎子往车尾方向"流窜"。他盼望列车上发生点紧急情况——有孕妇生小孩了，老年乘客突然病重了，或者有人打架了……

那样，验票的人就会去应对，去应对了就得放弃验票，放弃验票他就能安稳地坐"蹭车"。

可是，虎子所期盼的一样也没发生，验票继续，他"流窜"到最后一节车厢，再也"无路可逃"。

虎子被堵住了，列车员让他补票，他真想跪下哀求，但四周无数双眼睛像根根铁钉固定了他的双膝。

他的眼泪夺眶而出，说出了身上仅有十块钱，要用这十块钱去省城找妈妈的实话。

列车员很同情，但却表示无能为力，说："那你就补三站地的车票，已经坐过的就免了，我也只能做到这一点。"

看到虎子不情愿拿钱，列车员叹息一声说："现在铁路管理严了，如果让你白坐车，我就得下岗。"

列车员把话说到这份上，虎子只好把钱递上，列车员撕给他一张十块钱面额的车票。

列车距省城还有六站地的时候，列车员把虎子"请"下了车，嘱咐一声："孩子，去搭个顺脚的汽车吧！"

## 五

也许天无绝人之路，虎子失落地下了车，四周张望，看到车站里有一列待命的货车。他仔细观察，货车的车头朝着省城的方向。

坐货车不用买票，遭点罪而已。他一阵狂喜，偷偷爬上了一节装煤的车厢，蜷缩在一个角落。

终于等到货车开动了，可货车带起的大风叫虎子受尽了苦头。

大风裹着煤的小颗粒打在他脸上、身上，像钢针扎的一样疼。他扒个煤坑，蹲在里面，书包挡着脸，这样感觉好了一点。

安稳下来，他翻出语文书，刚看了一页课文就把眼睛迷了，他揉着眼睛，想起他的全家福。

全家福掐在手上，手都有点麻了。他怕全家福被风吹跑，将它掐得死死的。

几个小水珠滴在全家福上，他以为下雨了，抬头望望天，蓝天白云，一块黑云也没有，没有黑云哪来的雨？

他一抹眼角才知道，是自己滴下的眼泪。他赶忙把全家福收好，感觉身心疲惫，头枕着书包，侧身躺下了……

虎子睡着了，他梦见了妈妈。妈妈给他做了好多好吃的，他大口吃着，咋吃也吃不饱啊！

"呼啦"一下，场景转换了，妈妈的脸在变形，美人痣放大，两只黑手伸出来，一下从虎子手里抢过那张全家福，用力撕成碎片，扬向天空，天空突然下起鹅毛大雪……虎子双手抱头，惊叫一声！

原来是个梦！恐怖的梦境把虎子吓出一身冷汗。

风呼呼吹在虎子身上，冷汗马上被吹干了，他单薄的身体被冷风撕咬着，撕咬得直哆嗦，不得已他抱紧了自己的肩膀。

火车汽笛"嗷嗷"叫，不是一列火车的汽笛，好多汽笛。虎子抬头向外张望，一片灯光，灯光把黑夜照得通明。他看到了高楼，看到了站牌，站牌上的黑体大字清清楚楚——滨江火车站。

他佩服自己，能独自来到省城。转念一想，自己离开村子已经两天一夜了。

虎子下了车厢，溜出火车站。他感觉饿了，一翻书包，馒头已经吃没了，矿泉水瓶也是空的。

虎子嘴唇干裂，满身煤尘，仿佛刚从煤洞里爬出来的小黑孩，行人见了，吓得直躲闪。

在偌大的站前广场，虎子惊喜地发现一处喷泉。他急忙赶去，嘴对着喷泉喝了一肚子凉水，又从书包里拿出空矿泉水瓶，灌满为止。

他意识到自己的脸上和身上全是黑煤灰，于是，特意洗了脸，洗了脖子，洗了手臂。

天越来越黑，虎子也越来越饿。他想向行人要点钱，用来买点吃的，可是，他咋也张不开口。

他走到一家饭店跟前，透过玻璃窗望向里面，里面的人又吃又喝，他咽了几口吐沫。

一扭头，虎子看见一家二十四小时自助银行。自助银行里亮着灯，有提款机，还有人。走进去仔细一看，里面有一个乞讨的人。乞讨人衣衫褴褛，正靠在墙角吃麻花。

鬼使神差似的，虎子站在乞讨人跟前，盯着他手里的麻花，心里在想：乞讨人如果知道我饿了，开开恩，掰一半麻花给我该有多好！

乞讨人瞅了虎子一眼："新来的?"

虎子点点头，觉得不对，又摇摇头。

乞讨人咂咂嘴："撒谎！我可跟你说，在火车站这地盘上讨吃喝，必须分我一份，要不然，给我滚犊子。"

虎子胆怯地向后退了两步。

就在这时，两个保安冲进屋，一个保安冲乞讨人大骂："不要个脸，撵你多少回了，还上这儿来过夜，这是银行，当你家呀。"

不等乞讨人说话，两个保安一人抓住他一条大腿，生拉硬拽，将其拖了出去。

这个场面把虎子吓傻了，当他缓过神来，发现地上有麻花，并且不是一根儿。他数了一下，有一个半根儿的，还有两个整根儿的。

虎子乐了，他哈腰捡麻花，在捡麻花的时候，竟然发现地上躺着两枚一元的硬币。

显然，这些都是乞讨人散落的。虎子左手拿着麻花，右手攥着硬币，心里好像有十五只吊桶打水——七上八下。

捡到钱物归还失主，小时候妈妈就说过；上学后，老师也教育过。虎子对这清清楚楚。他打算去寻找乞讨人，把这些东西还给他。虽然乞讨人对他很不友好，但是，不能因为这个，占有人家的东西。

虎子走出自助银行，四周搜寻乞讨人的身影。

火车站广场人头攒动，要找一个人，着实不容易。即便这样，虎子也要尽最大努力物归原主。

他继续寻找，心里合计：找到乞讨人，把东西还给他，这回他知道我饿了，不可能不给我一根儿麻花吃。给，就拿着，吃也理直气壮。

附近能去的地方，虎子都去了，乞讨人像人间蒸发了一样，没有了踪迹。难道保安用车把乞讨人拉走了？也只能这么猜测了。

虎子转悠回喷泉的地方，坐在不远处的台阶上。他摸出全家福，看着妈妈，看着爹，再看看手里的钱和麻花。

突然，他产生这样的想法，是全家福保佑他，让他有了吃，有了喝，还有了坐公交车的钱。

虎子顿时感觉踏踏实实的，他把钱和两根儿麻花放进书包里，大口吃起手里拿着的那半根儿麻花。人生地不熟，他不敢夜晚去找妈妈，不光是怕走丢了。

他在电视里看到过这样的新闻：有不法分子专门抓流浪的小孩，抓到后把小孩的肾割了卖。

恐惧袭上心头，虎子要等到天明，那时候他再行动，而且要打听好道，坐公交车去。

漫长的夜，虎子无数次想起已经不存在的家，想起了妈，想起了爹，往事像电影画面一幕一幕浮现在脑海——

好端端的家，就因为爹做错了一件事，现在没有了。虽然虎子还小，可是，对一些事情，他也有了辨别力。

村西头有个好看的媳妇，大家都叫她小珍，爹趁她丈夫外出干活儿，与她一起睡觉了。

想不到，小珍的丈夫突然半夜回来，把爹堵住了。小珍的丈夫来虎子家摊牌：要么拿钱，要么经官。

爹傻眼了，妈哭了。

最后，妈借了一大笔钱，事情才算摆平……

# 六

可算熬到天亮了。滨江市高楼林立，车水马龙，虎子像进了一座迷宫，感觉蒙头转向。

他凭以前和妈妈通电话的记忆，知道妈妈在小云保洁公司打工。好心人告诉他小云公司的大致方位，还交代他乘坐几路公交车，到啥站点下车。

小云保洁公司找到了，看大门的老头儿说："你妈是在这儿干过，她嫌这儿的工资低，早就不干了。"

虎子嗫嚅地问："我妈离开这儿，去哪儿了？"

老头儿说："这么大城市，去哪儿，谁能知道哇？对了，你妈在这儿干的时候，和一个叫小静的阿姨做过搭档。小静阿姨被派到前面不远处的大富豪宾馆干活儿，你去那儿找她，她一定知道你妈的去向。"

按照老头儿给的地址，虎子找到了大富豪宾馆。在一间铺有地毯的客房里，虎子见到小静阿姨。

小静阿姨捂着鼻子与虎子说话，有快点让他离开的意思。

虎子明白，自己身上散发着难闻的臭味，城里人不可能不嫌弃。

从小静阿姨这里，虎子打听到妈妈去了高级保姆公司。

虎子去了高级保姆公司，在这里，他见到了一个叫王薇的阿姨。

王薇阿姨看了虎子的全家福，又了解一些情况，她说："到这儿了就别着急，先吃饱了。"

王薇阿姨给虎子买了盒饭，看虎子吃完了，她又领着虎子去了单位浴池，虎子洗了个热水澡。

一看虎子衣服需要换洗，王薇阿姨找出自己的一套衣服，给虎子穿："大点就大点，总比有臭味的强。"

虎子哭了，这次是因为遇到好心人，感动的。

王薇阿姨对虎子说："你妈到这儿来，干了一段时间，因为需要培训，你妈掏不起培训费才走的。我和你妈处得挺好，我想给她掏培训费，她说啥也不同意。你妈走后，我倒是联系过她几次，她的手机可能换号了，咋也打不通。"

虎子问："姨，你一定知道，我妈为啥不要我？她是咋想的？我想知道。"

王薇阿姨也是外来打工的，她叹息一声说："真是家家都有一本难念的经！你妈两手空空来到省城，说是找你爹，找了好长时间也没找到……"

虎子的失望、无助表现在了脸上。

王薇阿姨又说："这里的一个姐妹说，你妈去了一家建筑工地，在那儿干活，具体在哪个工地她说不清，她倒是在中山菜市场门口看到你妈几次。有一次，她还和你妈唠嗑了，你妈说了，等年末把工资开透，就回村接你。"

虎子听了，脸转向墙角，他不在乎王薇阿姨在不在跟前，再次哭起来。他边哭边说："我一直以为妈妈不要我了……我错怪妈妈了……"

王薇阿姨受不了了，拿来一条手巾，一边给虎子擦泪，一边哄："别哭了，这不马上就找到妈妈了吗。"

虎子暂住在王薇阿姨家，他起早去中山菜市场找妈妈，王薇阿姨给他带上盒饭。

中山菜市场非常大，有一个主要入口，虎子站在入口旁，死死盯着进入的人流。

他不住提醒自己，千万别疏忽，一定认真辨认，妈妈一旦出现，他要跑过去，抱住。

不，不能抱，那样会吓着妈妈。不抱，那就先喊："妈，我是虎子！"

虎子从书包里拿出全家福，看着妈妈，又看看爹，他眼前一亮：不能光找妈妈呀？爹一旦出现呢？爹不怕吓着，见到他，一定要冲上去，把他抱住，抱得紧紧的！

不，不抱他，爹学坏了，不属于好人了，都是因为他毁了家。

那次，小珍的丈夫找上门来，说得太吓人了，他说爹："你干了这种丑事，如果经官，最少要蹲三年笆篱子！"

妈妈吓傻了，也气疯了，她扇了爹的耳光。到头来，为了一个完整的家，妈妈去借钱，爹才躲过牢狱之灾。

爹给妈跪下了，要去城里打工，挣钱还外债。可是，他进城"旧病复发"，抛弃了妈妈。

虎子气得手直哆嗦，他找来一根废弃牙签，扎向全家福上爹的眼睛。

爹戴着太阳镜，太阳镜黑黑的，看不清眼睛的位置。虎子下不了手了，他把牙签扔了，心里想：爹看到他儿子来找他，一定能回心转意，我还要以前那样的家，一个都不能少！

无论咋想，咋注意观察，第一天，虎子没见到妈妈的影，爹的影也没见到。

第二天，虎子改变了策略，他去中山菜市场出口那儿寻找。他琢磨，中山菜市场有一个主要入口，还有几个小入口。入口多，关注不过来，顾此失彼。

而出口只有一个，必须去那里蹲守。

这次虎子有经验了，昨天他几乎站了一天，站得腿肚子生疼。

今天，他捡了几张纸盒子，垫在出口旁边的台阶上，他坐着注视着行人。

行人匆匆而过，大多数人满载而归，拎的拿的全是好吃好喝的。虎子馋得吧嗒一下嘴——找到妈妈，妈妈一定也能买那些让他流口水的东西。

虎子掏出全家福，看着妈妈的笑脸，看着妈妈那颗美人痣。妈妈真漂亮，像电视剧里一个女明星。

虎子非常自豪，是他最先发现妈妈像明星的。那天晚上，他和妈妈看电视剧，电视剧叫啥名他忘了，那个明星演一个单亲妈妈，一个总裁看上她了！

那剧演得可感动人了。虎子扭头说："妈妈你看，可像你了！"

虎子妈认真看了看电视剧里的明星，狠狠亲了虎子一口："大宝贝太有眼力了！"

虎子摸摸自己的脸蛋儿，热热的，心里暖暖的……

想到这儿，虎子眼泪扑簌簌流下："我还要回到从前的家！妈妈比那个明星好看，因为妈妈有美人痣……"

天都黑了，中山菜市场的商户撤货的撤货，关门的关门，虎子一无所获，蔫蔫地回到了王薇阿姨的住处。

虎子进行了反思，也许自己低头看全家福的时候，妈妈从中山菜市场出来了，他错过了时机。

## 七

第五天，早晨刮大风，人走在街上，都担心被风吹跑。王薇阿姨劝虎子："今天天气不好，不去了，改天再去。"

虎子执意不肯。

王薇阿姨把饭盒塞进虎子的书包，望一望"大哭小号"的天儿，叮嘱虎子："找到找不到你妈，别忘了吃饭！"

风已把虎子推跑老远，他并没有听清王薇阿姨嘱咐的话。

虎子幻想着见到妈妈那一刻，他又来到中山菜市场的入口处。

他靠在墙上，双眼死死盯着进入市场的人流。

脖子酸酸的，眼睛涩涩的，他坚持着，不放过任何一个人。

"妈妈！"虎子心跳加快，冲着一个"美人痣"喊了起来。

虽然隔着二十多米远，虎子看到了"美人痣"，而且这个"美人痣"的身材极像妈妈。

虎子紧跑几步，追上"美人痣"，站在了"美人痣"前面，瞪着大大的眼睛看。

"美人痣"吃了一惊，说了一句"莫名其妙"，走了。

虎子一拍脑门："又认错人了。"

回到原地，虎子劝自己，不要再看全家福了，可是，全家福又掐在了手上，并且还想起妈妈离开家的情景——

妈妈看了爹在省城挎别的女人照片，整个人都变了，无缘无故骂虎子不是好种。

撕碎全家福后，妈妈把两间平房卖了，想不到，她刚把钱拿到手，债主就盯上了。

妈妈是卖了几件家具当路费，来的省城……

突然，高空传来"哗哗"的声响，虎子猛抬头，发现响声来自一个巨幅铁皮广告牌，广告牌摇摇欲坠。

他回过神注意下面的行人，他的心都快蹦到嗓子眼儿了，迎面走过来一个"美人痣"，他看到了"美人痣"！不光看到了"美人痣"，这个"美人痣"的眼睛、鼻子、额头……

就是妈妈，他惊叫一声——妈妈！

果真是虎子妈迎面走过来，虎子再次确认后大喊着"妈妈"。就在这时，摇摇欲坠的广告牌"哗哗哗"响着坠向地面，行人快速躲闪，可是虎子妈不知道在想啥，并没有察觉危险的降临。

虎子拼命奔跑过去，用力推开妈妈，就听"轰"的一声巨响，随后腾起一片烟尘，巨幅广告牌砸倒了虎子。

广告牌压在虎子身上，他只有半截胳膊露在广告牌外面，手里还掐着那张全家福，全家福已经溅上了血点子。

血点子鲜红鲜红的，有大有小，令人毛骨悚然。

就在虎子用力推妈妈的一瞬间，虎子妈也看清了自己的儿子，她惊呆了。

不少行人看到虎子为了救人被砸的一幕，纷纷冲了过来，几乎同时发出呼救声："砸到人了，快救人哪！"

刹那间，众人围了过来，大家拼命抬铁皮广告牌，可是，不管咋使劲也抬不动。

人越来越多，附近店铺老板拿来铁锹、撬杠，抬的抬，撬的撬，铁皮广告牌被掀开、移走。

移走铁皮广告牌，浑身哆嗦的虎子妈扑上去，一把将血泊中的虎子揽在怀里，大叫一声："虎子，妈在这儿！"

虎子强睁开眼睛，因为眼里渗血，模模糊糊看了妈妈一眼，头一奓拉，昏了过去。

"赶紧送医院，快点呀！"喊声来自周围的人。

有一个好心男子抱起虎子朝附近医院跑，带血的全家福依然在虎子手上掐着。

虎子瘫软的身体在好心人怀中颠簸，带血的全家福跟着晃动。虎子妈跌跌撞撞跟在好心人后面，心里一个劲儿祈祷：我的儿呀！你要挺住……

急诊室医生紧急抢救，一个上了年纪的男医生拽下虎子手中带血的全家福，剪断书包带，扭头喊："谁是孩子家属？"

惊魂未定的虎子妈说："我是，我是孩子妈。"

上了年纪的医生拿过来一个本夹子："马上手术，你在这里签字，签完字，去窗口交一万元押金。"

虎子妈签完字，哈腰捡起书包和带血的全家福，看着虎子被推进手术室，转身去了收款处。

收款处有七八个人排队，虎子妈掏遍了所有的兜，仅掏出八十六块钱。

看一眼手里的几张纸币，虎子妈眼泪唰地一下涌出，眼前啥也看不清了。她怕人看到，赶紧擦了两把。

虎子妈转身看看，发现没有医生跟着，她把带血的全家福放进书包，走出医院，汇入人流。

虎子妈无处可去，她跑回建筑工地的工棚。

几个打工姐妹一看她哭着回来，围上来询问原因。

虎子妈就把在街上看见了儿子，儿子为了救她被广告牌砸伤的经过说了。

几个姐妹抹开了眼泪，大家猜到：虎子一定是想妈妈想急眼了，独自来省城找妈妈……

虎子妈一遍一遍地哭喊："广告牌砸的咋不是我呀？为啥是我的儿子？"

在工棚排行大姐的秀芬说："别哭了，也别整那没用的。大家赶快把钱掏出来，有多少拿多少，救孩子要紧。"

你翻兜，她翻行李，划拉半天，整票加零票才凑了七百六十八块钱。

也难怪，工地承诺年末开支，平时每人每月仅借资二百块，姐妹们如何能攒下钱哪？

秀芬安慰虎子妈："别着急，赶紧想办法！对了，我现在就给包工头打电话，让他向老板说明情况，老板不可能见死不救！"

包工头接了秀芬的电话，咳嗽两声，发出无奈的声音："老板没在家呀，前天刚刚去美国。没有老板签字，谁也拿不出来钱呀……"

虎子妈突然想起高级保姆公司的王薇。她知道王薇心肠热，进城打工多年，一定有些积蓄。

想到这儿，虎子妈把书包托付给秀芬保管，与其他姐妹打了招呼，急匆匆跑出工棚……

# 八

虎子妈忘记了打车那码事，一是她进城之后没打过车，二是一着急没想起来，因此，她一直跑。

跑着，她心里还不住地想着——在高级保姆公司那段时间，王薇看虎子妈可怜，没少照顾她。

虎子妈也对王薇不揣心眼，一次，王薇突发心脏病，晕倒了，是虎子妈发现，把她送去医院。

虽然关系处得不错，但是，也没达到向人家借大钱的程度哇！

虎子妈脑海里出现两个玩偶，两个玩偶打起来了。一个说，去借，兴许能借到；另一个说，不是亲戚，又没有过大额金钱来往，这年头，谁往外借钱？去也白去，还得碰一鼻子灰。

人行道显得很拥挤，有人急匆匆而来，有人迈着四方步而去。

前面有摆地摊的，还有推移动售货车的，把本来就不宽的人行道塞住了。

虎子妈下了人行道，去马路上跑。

路灯摇晃，两侧高楼里的灯光摆动。虎子妈想到了医院手术室里的无影灯——虎子挺住啊？老天保佑！

"嘎吱！"一声刺耳的刹车声。

停下一辆小轿车，司机放下玻璃，探出头，冲虎子妈大骂一句："臭娘们儿，你找死呀！"

虎子妈一激灵，她意识到，她险些被车撞上。她本想向司机道歉，可是，她的脚不听使唤，停不下来，好像有根儿绳子拽着她往前跑。

"你这个王八犊子，死哪儿去了不出来！"虎子妈骂起来，不是在心里骂，而是骂出了声。

她骂的不是别人，而是她始终没有找到的虎子爹。别说骂，这时候，她都有杀他的心。

"我的虎子！"虎子妈眼泪止不住了，淌进嘴里，落到地上。

骂声、哭声交杂在一起。本来声音很大，却被她奔跑带出来的风，以及汽车喇叭鸣叫声淹没，路人只能看到她嘎巴嘴，眼泪在飞。

"我的虎子啊！"

也不知跑了多久，虎子妈竟然跑到了王薇家门口。她跌跌撞撞推开门，身子一软，瘫倒在地。

王薇一看是虎子妈，吓了一跳，她使出浑身力气才把虎子妈扶上床："咋整的，浑身这么湿，刚从水泡子爬出来吗？"

虎子妈舒缓一下，说："我是跑着来的。"

王薇赶忙说："你不用说了，虎子出事了，我知道了，我正着急呢。"

虎子妈瞪大眼睛，惊讶地看着王薇。

王薇说："刚才电视新闻都播了，说一个农村孩子为救妈妈，被广告牌砸成了重伤。孩子妈趁交押金机会溜走了。新闻画面有监控图像，我一看就认出虎子和你了。"

虎子妈听了，双手捂住脸，呜呜哭起来。

王薇说："哭有啥用，赶紧去看虎子。新闻里说了，虎子依然在抢救。"

王薇给虎子妈换了一身衣服，又塞给她一张银行卡："我的家底儿都在这儿，拿着。"

虎子妈与王薇一起出了门。

医院里的虎子已经做完手术，被推进了重症监护室。

主治医生是一名中年妇女，她一听孩子的妈妈回来了，心里涌起一股怒火。

她瞪着眼睛把虎子妈领进医生办公室，准备狠狠教训这个"逃跑妈"。

然而，当她看到虎子妈擦眼泪的手，头扭向一边，因为她看到的是松树皮一样不能再粗糙的手了！这双手，让她明白了什么。

主治医生转过头，语气变得平和了，她对虎子妈说："你儿子好伟大，也很幸运。"

虎子妈和王薇屏住呼吸，静静地听着。

主治医生拿起两张片子，卡在看片仪器上说："孩子命大，颅骨轻微损伤，左锁骨骨折，右三根肋骨骨折，手术已经完成了。还有一个好消息，一个没留下姓名的好心人，看了电视新闻，捐了一笔抢救费!"


# 九


第二天，医院来了一群记者，其中就有那名发出第一篇报道的电视台记者。

电视台记者是一个小伙子，戴一副黑框眼镜。虎子妈一直流泪，说不出话来。

一旁的秀芬从虎子书包里找出作文本和那张带血的全家福。

"黑框眼镜"看到虎子一篇这样的文字：妈妈，我一定要找到你！我在大娘家实在待不下去了，我要找到你，你为什么这么狠心，扔下我不管……

"黑框眼镜"看罢，摘下眼镜，掏出纸巾擦擦眼泪。

虎子妈平静了许多，哽咽着讲了她来省城的前前后后。

"黑框眼镜"非常敬业，从医院出来，就与其他几名记者驱车赶往虎子所居住的小山村。

到了目的地之后，他们采访了刘凤老师、虎子大娘，还有老孙头。很快，省城各大媒体相继推出数篇关于农村少年虎子英勇救母的追踪报道。

其中，"黑框眼镜"的深度报道《寻母少年救母的背后》，引起社会强烈反响。

有关拒绝诱惑，夫妻和睦，家庭稳定才是对少年儿童最大保护和关爱的话题被推上热议的焦点。

前来看望虎子的社会各界人士络绎不绝，更多的爱心人士为虎子捐款、送花。

二十一天后，虎子从重症监护室转到普通病房。

来看虎子的人真不少，有王薇阿姨，有妈妈，还有一些他不认识的生面孔。

虎子头上还缠着纱布，他的眼睛和嘴露在外面。

他的目光扫视了一下众人，最后落在妈妈的脸上，妈妈跪在病床前，双手攥着虎子的胳膊，嘴角颤抖说不出话。

虎子努力张了张嘴，轻轻说出一个字——妈！

在场的人全哭了。

突然，病房里闯进一个人，这个人是一名中年男子，他拎着行李，双眼红肿，直奔虎子而去。

虎子望了一眼，露出了笑容，因为，来的不是别人，正是全家福里缺的那个人……

# 青 春 期

青春年少，我追一个女孩，造得伤痕累累，另一个女孩给我滴血的心疗伤，可就在两颗心紧紧靠拢的时候，第三个女孩的美丽，让我无法抗拒！

一

我十八岁那年的五四青年节，团县委召开基层团组织工作会议。

我们乡十多个村的团支部书记到县城报到。参会的人员都到齐了，乡团委书记找个大屋，临时开了个小会。

会上，他强调了明天的大会纪律，同时也公布了将要受表彰的人员名单，我的名字列在名单之中。

乡团委书记把我在村里每周义务出黑板报，往报社、电台写点小"豆腐块"的事儿大讲特讲了一顿。

当着男男女女那么多人表扬我，我不好意思地低下了头。

想不到，抬头时，一双黑黑的、亮亮的大眼睛与我的目光相撞，刹那间有一种强烈的震撼。

一见钟情的词语，此刻我有了领悟。

她身材不高，非常匀称，穿着一件女式军上衣。会说话的眼睛，淡红色的唇，洁白的齿，一条长长的粗辫子……说她小巧玲珑再贴切不过了。

小会结束了，男男女女各自回到了自己的房间。

我的房间开着门，她绯红着脸走过来，递给我一支"黑又亮"鞋油和一把小刷子："小君，你那鞋都蹭白了，打点油。"

我说了声谢谢，趁哈腰打鞋油的机会，偷偷地使劲吸一口气，女孩特有的气息直沁心脾。这种气息扩散开来，刺激得我浑身的每个细胞都异常活跃。

第二天召开大会的时候，我上台领奖，我感觉到，掌声最先从她那儿响起。

中午就餐，我和她好像事先有约定似的，围坐在一张餐桌。

每人两个圈饼，她说吃不了，剩一个。她象征性地让了一圈，最后推给了我。我有些不好意思，最后还是把它吃掉了。

散会了，集体留影，她是最前排，我是第二排。鬼使神差，我站在了她的身后，紧挨着她。

摄影师喊预备，她回眸像是看后墙挂的布景，正好与我对视，我有些不知所措。

返程回家了。她跟乡团委书记说："我在县里有点事要办，打算坐下趟车走。"

我难以控制自己想和她在一起的心情，竟然也做出个"坐下趟车回家"的决定，这样，我俩就能够一路同行了。

做完这个决定，我心里一阵狂喜。

第二趟车是下午三点十分，我在县城漫无目的地转了转，提前半个多小时往火车站赶，渴望与她早点相遇。

到了火车站后，我两只眼睛急不可待，快速、仔细地寻觅。

我自信，一定会见到她——我的绿色天使！

她拎着一个粉红色布兜从车站广场对面四处张望着走向这边。

我把头扭向别处，装作没有看见她。感觉她快要靠近我了，这才回过头，装作惊喜的样子说："呀，这么巧，咱俩坐一趟车！"

她红着脸说："一路同行，有伴了。"

我要给她买车票，她执意不肯。

她很腼腆，对我诉说了去亲戚家的事情。

我撒谎说，真是巧了，我也是去了一趟亲戚家，没坐多大一会儿，就赶紧往车站这儿走。

火车来了，我们一前一后上了车。车厢里人很多，我俩在车厢与车厢连接处唠个没完。

她打听我们村团支部工作开展情况，多数话题是问我一些写作、投寄稿件方面的事儿。

话里话外，她赞扬我有理想，有追求。

我感受到从没有过的温馨鼓励，心情格外好，小心脏也"怦怦怦"一个劲儿狂跳。

通过热情交流，我获知她家的一些情况：她父亲残疾，种地的活儿全靠她母亲；她是村小学校的幼儿教师，工作挺开心，有转公办教师的希望，团支部书记是她的兼职……

火车先到了我下车的地方，之后再过两站才轮到她下车。

我要求先不下车，再坐两站送她下车后，想办法搭乘顺脚车折返回来。

她很认真地拒绝了。

我下车的时候，与她挥手，她也不停地与我挥手。我们约定相互通信，后会有期。

二

回家后，我失眠了，快天亮的时候睡了一小觉儿，还是梦见了她。

从此我们鸿雁传情，互诉衷肠。

那段日子，我走路不嫌远，干活儿不觉累，天上的白云仿佛都有灵性，从头上飘过时与我打招呼。

将近一个月的时间，我一共给她写了二十八封信，她给我回了二十二封。

我写的每封信都很用心，字斟句酌，哪怕有一个字自己看着不满意，都要把信纸撕掉，认认真真重写。

片片枫叶寄相思，封封信笺沾激情。有时信里的言辞之精彩，自己都感到意外——我们谈人生、谈理想，诉友谊、诉真情，那真是既有巍巍青山之阳刚，又有涓涓溪流之阴柔。

六一儿童节，她带着幼儿班的学生上乡里参加运动会。

我顾不上去地里除草，像着了魔似的，借辆自行车特意赶到乡里看她。

运动会是在乡中学广场举办的，那不是一般的热闹。

因为当时乡村没有啥文化生活，运动会算得上是一年当中最重要的节日了。

在热闹的气氛中，我远远就看到了她。她穿一件浅黄色纱料短袖衬衫、蓝裙子，这一身装束非常扎眼。

如果不是在广众之下，我会不顾一切地扑上去，做一些我梦想已久的事情——拉她的手、亲她、抱她……心中已燃起团团烈火，这烈火燃烧得我仿佛不能自控。

当我与她相距咫尺的时候，我膨胀得像气球那么大的胆子，仿佛被一根针扎漏气了。过后我想，那根针可能是理智。

我们唠了一些无关紧要的话题，之前打腹稿的关键话一时难以说出口，然而，彼此都心有灵犀。

我约她下星期天到我家来一趟，让我父母见见她，她愉快地答应了。

运动会一直开到傍晚，我恋恋不舍地离开了她。她随所在学校的大队伍回家了。

我家破破烂烂的样子，不配迎接我的心上人，我决心好好收拾一番。

白灰粉刷了墙，用旧报纸糊了棚，把屋里屋外打扫得干干净净。母亲见了，乐滋滋地总也合不拢嘴。

我知道她乐啥，她乐他儿子能耐大，轻而易举能把对象领来家。

邻居看了直撇嘴："不过年不过节的，又刷墙，又糊棚，嘚瑟个啥？"

母亲心里搁不住事儿："儿子说了，他的对象要来！"

然而，就在这时，村里出了件事儿：一名复员兵回村，因为

100

是党员，又在部队立过三等功，乡里要求村里安排好，发挥其作用。因为想不出其他好办法，村里安排他顶替了我这个团支部书记的职位。

我心里难受，去找村支书理论。村支书说，没办法，是上面"戴帽"下来的，没有其他原因，工作需要！

顿时风言风语，说啥的都有。这个说："老王家那小君，没啥事儿能让人撸喽？一个农民干活'半拉子'不如，猴懒猴懒的。早就看他不是好嘚瑟。"

那个说："你看他家那穷样，柴草垛小得一脚就能踢倒，房子漏雨不想着修，整天写呀写呀，当吃当喝呀？"

还有说得更难听的，猜测我写稿写歪了，犯了政治错误，撸了只是小处分，大处分还在后面呢。

星期天过去了，绿色天使没有来。又过了一个星期，她还是没有来。

我心里开始发慌，再也坐不住炕了。

三

我清楚地记得，那是六月二十七日，我借辆自行车，蹬了二十一里路，傍晌午到了她家。

当时她在家，透过窗玻璃看到我进院，她赶紧迎出来。她说："屋里有邻居，说话不方便。"

说完，她领着我去了西下坎，让我看看她家责任田里的水稻长势。

土路上迎面过来一个卖冰棍的妇人。我用刚从邮电所取回来的两元钱稿费买了一掐子冰棍。俩人一前一后走着、吃着，不知不觉就走在稻田的池埂上。

我们双双在一处干爽的地方坐下，她挽起裤筒，穿鸭蛋青色凉鞋的双脚伸向水里，不自觉地撩开了水。

稻田里清水静静，稻苗碧绿。我也脱了农田鞋，凑到她身边，用脚搅水玩。

现在回想起来，当时我一定玩得像一个天真烂漫的孩子，因为心中的她就坐在身边。

我瞅着她的脸，她脸一阵泛红，眨一下大眼睛，想说什么，又没好意思说。

我看出了她为难的样子，对她说："有话就说呗，这里就咱俩。"

她望了一眼天空，喃喃地说："咱们当一般朋友来往吧。"

在这种场合说这样的话，我意识到事情不好。我赶忙问："咋的了，出啥事了？"

她好像自语："我们村有户人家与你们村一户人家有亲戚，你和你家的情况，亲戚都告诉我父母了。我家就我这么一女孩，根本不可能违背老人的意愿。"

我赶忙解释："我承认我干活少，家庭条件差，可我会努力的。将来，将来，我一定会成功的，因为，我有梦想，进城梦，作家梦……"

她绷着脸，很认真地说："居家过日子，最不缺的你知道是什么吗？我告诉你，那就是梦……梦离我们近，变成现实太遥远了。"

我像一个犯了错误的小学生，望着她，一时说不出任何话。

她没有看我，而是直视远方说："我也考虑好久了，老人的担忧有老人的道理。像咱两家这样的条件……你现实地想一想。"

我情绪激动："我想好了，我一辈子对你好！"

她依然没有正脸看我："这个我相信，关键……你是一个农民，你这个农民连地都种不好！"

我失魂落魄，手中的冰棍滑落在水里，天仿佛涂了一层墨，漆黑一片；顿觉两耳嗡响，风从天边起。

刚才田头几株静静低垂的柳树，转眼好像变成了几条阴影摇曳晃动，大热的天，我竟然打了个冷战……

我记不清怎么与她道的别，也不知道怎么推着自行车回的家，只记得二十一里路是那么漫长，又那么短暂。

## 四

经历了这场失恋的打击，我情绪低落到极点。

要好的朋友知道后，安慰我，让我刹下心好好干活儿，等到我家的条件改变了，好姑娘主动会找上门。

毕竟我让初恋"踹了"，被踹的感觉只有自己能体会。

我像大草甸子上一头撒欢儿的牛犊子，正在兴头上挨了当头一闷棍，造得满眼冒金星，原地打转转——蒙了。

冥冥之中，我的一颗冰冷的、受伤的心太需要柔情来慰藉了。

我突然想起邻村的小红。小红是乡办企业的团干部，乡里开展活动的时候我们也常在一起。她大身板儿，大脸盘，说话办事显得稳重、成熟，有神的目光一接触便感觉满是温暖。

我专门去找小红，想倾吐心中的郁闷，可是，当见到她的时候，我撒了谎，说打此路过，顺便来看看她。

　　我的伤心、我的苦痛肯定是写在了脸上，小红像一位知心姐姐，以认可我的口气说："在青年堆儿里，你有理想，有志向，这才是正事，你要坚持住，以后一定会有所作为。"

　　在以后的日子里，小红一有空就会骑自行车跑十多里地到我家看我，她给我送来《中国青年报》《新青年》等报刊。

　　这些东西我们村没有，我曾在她面前流露过想参考上面的文章，写点反映农村青年生活、学习的稿件的想法。

　　有时我在村边的责任田里铲地，她会找到地头儿，帮我间苗、薅草。

　　我看着她干活儿，完全没有疲劳的感觉，心情也一天一天好起来。

　　那天，西边的天际被晚霞染得通红，土路上、庄稼的茎叶上、河流上涂抹了刺眼的霞光，整个天地充盈着梦幻、瑰丽的色彩。

　　我送小红回家。她神采飞扬，心情特别好。

　　三江大平原的风轻柔，丝丝缕缕撩惹年轻人的心。小红长发被风吹得零乱，遮掩着绯红的大脸，她显得更美了。

　　我大胆地提出，我们处朋友吧！

　　她回答得是那么浪漫，叫我刻骨铭心。她说，一颗少女的心不正在陪你吗！

　　这句话就像小兴安岭樟子松的籽粒，发芽、扎根于我当时石砬子似的心田缝隙，并且生长出旺盛的、能抵抗狂风暴雨的爱情之树。

幸运总是寻找对它有所准备的人。也许有爱情的驱动，我的写作水平有了提高，接连写出一些有分量的稿件，被县委宣传部领导发现。

在这一年的冬天，我被破格选拔到县广播电视事业局工作，吃上了让人羡慕的商品粮。

我进城上班后，小红在高兴之余，也有些担心。她怕我因为环境变了，条件好了，忘掉她这个患难之交。

我俩来到我家南面的莲花泡，我第一次亲了她，之后，我双手抱起她，原地转了两圈。

她激动得浑身颤抖，醉了，闭上了双眸……

有的时候，我们相约在曾经除草的地方，我心花怒放，在已收割完庄稼的地里一阵狂奔，她则笑得前仰后合。

我心里暗暗许下诺言，在我情感世界遭到灭顶之灾的时候，小红的温情独给了穷困潦倒的我，无论如何我都会用一生珍惜、呵护这份真情。

五

工作中，我的吃苦精神和对新闻的悟性得到了单位领导和同事的夸奖。但我的文字功底不及同一办公室的王林大哥。

他是一名新闻战线的老同志，写作经验非常丰富，下乡采访的时候，他总是带着我这个新兵。

望江乡希望村的杨昌老人是国民党起义人员，他曾被错划成反革命，吃尽了苦头，经过多年上访才得以平反。

然而，老人思想境界很高，不靠国家救济，带领全家人发展草制品编织业，不仅成了万元户，而且还带领乡亲共同致富。

这是王林在全县农村致富表彰会上得到的信息。

其实，在这之前我与杨昌老人一家就有段来往。

我没到县里上班的时候，曾经去过杨昌老人的家，并采写了一篇小稿件，发表在地区日报上。

希望村虽然与我们村不归一个乡管，但相隔不远，大概也就八九里地。

那次是在农闲时，我怀揣着地区报社发的业余通讯员证，到杨昌老人家采访。杨昌夫妇热情接待了我。

两位老人为人坦诚、热情，给我留下了深刻、美好的印象。他们对我这个喜欢写作的农村青年投来了敬佩的目光。

给我留下印象最深的是，他们家的西墙上挂着四张彩色明星照。那时候，明星照可时髦了，谁家要是有几张，能吸引半个村子的小青年过来看。

我仔细看了，明星照有刘晓庆、张金玲、陈冲，剩下那张我咋也认不出是谁。

正在这时，杨昌老伴乐呵呵地说："那是我家小女儿——小欣。"

看我吃惊的样子，老人接着说："小欣刚高中毕业，到照相馆又照又扩，花了不少钱，乡里照相馆的橱窗里还挂一张呢，谁看了都说像明星。今天她到乡里复习去了，准备报考民办教师。"

当时，我没出息地咽下一大口吐沫，心里想：谁要娶上小欣这样漂亮的媳妇，不得幸福死才怪……

依据全县农村致富表彰会上的信息，我与王林到杨昌老人家采访。老人见到我们，高兴得给我们倒水的手都直发抖，一个劲说："广播里常听到播你们写的新闻，小君没从农村抽出去那时候，我就看他有出息。"

中午时分，小欣下班回家，这时，她已是一名乡村民办教师了。

展现在我眼前的是一双水灵灵的大眼睛，粉白的脸……她本人比照片更楚楚动人。

我身体像触了电，激灵一下。男人的劣根性在于他的占有欲，我也不例外，尤其见到心仪美女，能没有强烈反应吗？

从小欣瞅我的眼神里，我能猜出她的父母没少当她说我的好话，那是一种欣赏、佩服加崇拜的眼神。

我和小欣轻轻地握了手。她微笑着说："我爸妈总说起你，我要拜你为老师，向你学习写作。"

我感觉脸火辣辣的："我也在学习，咱们共同提高。"

王林是个热心肠，三杯酒下肚，唠嗑时把我和小欣扯到一起。

他对杨昌老人说："我们单位的小王与你家小欣，天生的一对呀！"

杨昌老人也流露出"很般配"这个热切的愿望，他一再让王林当红娘。

我脸更红了，也说不准当时复杂的心情，惊喜掺杂着愧疚。

惊喜就不用细说了，愧疚的原因是，我没有及时向王林道出已有女朋友小红的实情。

我被选拔到县广播电视事业局工作的时候，单位领导与我谈话，包括王林大哥和我交流，都涉及我处没处女朋友，谈没谈对象之事。我很有后顾之忧，一口咬定："还没呢。"

为啥这么说？如果我和小红相好的事儿叫他们知道，怕他们说三道四，对我的人品和工作有坏的影响，不用动脑筋他们就会这样想：不大个孩子，没等咋的先搞对象了。

那个年代，人的思想既封建又僵化，世俗风尘扼杀正常人性的悲剧叫人惶恐不安。

尤其我刚刚上班，试用期还没有过，搞对象之事打死我也不敢说出口，只有先把工作干好，再让其顺理成章。

如果单位同事主动帮我找对象，那是另一码事，行与不行对我都没有任何损害，只能证明我的人品和人际关系都不错。

## 六

回单位后，王林一再表功，让我请他喝一顿。客是请了，我说："婚姻大事，得和家里老人商量再说。"

王林很不是心思，他说："我和老杨家都说好了，你不拿这当回事，我多没面子。再说人家小欣是仙女下凡，你是癞蛤蟆，对不起，比喻过头了……算是青蛙吧，青蛙吃到了天鹅肉，偷着美去吧。"

事已至此，我也没了主见，只好先和小欣交往，把握好彼此的分寸，等着时间去决断。

记者工作很有随意性，通常人们说的良心活儿。我分别去与俩女友约会，还能足额报销差旅费。

那是个很冷的冬天，我冒着严寒去望江乡采访，特意去看望杨昌老人一家。

小欣上周末来信，信写得神神秘秘，说有个好消息要告诉我，告诉我的前提是我得去见她。

信中还说，她已分配到离家十里多地的村子教学，下周六中午十二点放假，也就是今天。

我一踏进杨家门，杨叔杀了小鸡炖上，杨婶又弄了好多菜。

墙上的挂钟刚到中午十二点，我就等不及了，嘴上当杨叔说到外面溜达溜达，脚却不由自主地向村外走去，目的是迎一迎小欣。

村屯、大地和远处的小兴安岭山脉被大雪严实地覆盖。天，清凌凌的蓝，太阳的强光照射在白茫茫的雪地上，又从雪地上折射过来，刺得人睁不开眼睛。

道路两侧的杨树和柳树结满了白绒绒的树挂，童话般洁白的世界，很静很静，只有自己脚踩雪地的"嘎吱嘎吱"的响声。

纯情的景，纯情的心，去迎一个纯情的人。这段纯情的故事，定格在纯情的季节，也深刻青春期的记忆。

忽然，几只喜鹊从前面树趟子里惊飞，"喳喳"叫着掠过我的头顶。

放眼望去，远处几个彩色的亮点仿佛向我飘来。到了眼前才看清，是小欣与两个女伴骑车同行而来，她们有的穿粉红色羽绒服，有的穿米黄色的羽绒服，唯有小欣一身洁白，她的睫毛和白围巾边缘挂着晶莹的霜花。

看到是我，小欣下了自行车，脸涨得通红。她向同伴招手说："你们先走吧，下周一见。"

同伴撒下"咯咯"的笑声顺道而去，并不住扭头做着甜蜜的鬼脸。

我和小欣并肩而行，走得很缓慢。因为我能来迎她，她显得既羞涩又兴奋。

她主动靠近我，前后看一眼，确定没有人，下巴搭在我的肩头，迷人的香唇贴在了我的耳边，一字一句地告诉我："大记者，我的民办教师指标批下来了。"

我侧脸看她一眼，笑着抱拳在胸前："大喜事，祝贺祝贺！"

她的脸红得像一只熟透的大苹果。突然，她一努嘴，两排齐刷刷的白牙就势狠狠地咬了一下我的耳垂儿。

我兴奋得骨头发酥，险些无法控制。本来，我想找个适当的机会，把我已交了女朋友小红的事告诉小欣，可今天看到她这个样子，我咋能说出口呢？

就连有这个想法，都是对她的无情伤害。她的美丽产生了巨大的冲击波，摧毁了我的一切与环境不相适应的想法……

## 七

我没有告诉小欣实情，我俩的信还是照样通，彼此鼓励，彼此关心，彼此挂念。

从小欣的来信可以看出，她对爱情充满向往；而我所体会的，却是纠结。

与小红见面的时候，她发现我情绪有些反常，担心我工作累着了，叮嘱我注意休息。

我点头迎合着，强装镇静。

在与两个美少女交往的日子里，我深深地感觉到，小红是爱我的人，而小欣是我爱的人。我是选择爱我的人，还是选择我爱的人？

我曾经跑到汤旺河边，双手揪着衣襟，苦苦求助滔滔的河水：咋办哪？

　　左思右想，翻来覆去，抛弃小红太丧良心，可是，我又无法抗拒小欣的美丽！

　　俗话说，英雄难过美人关，更别说我这个肉体凡胎。

　　曾经想要把握好分寸相处，两个回合就被小欣的姿色、多情征服得方阵大乱。

　　我深深陷入痛苦的抉择之中，一天到晚魂不守舍，无精打采。

　　节假日休息，去与小红见面，她把熬了几夜精心编织的棒线长围脖系在我的脖子上，关心、体贴的话语似春风拂面，催赶走冬日的寒气和心头的阴霾。

　　漫漫人生路上，小红更适合与我风雨同行，昨天暗暗许下的诺言在提醒我。

　　我在内心深处多次默念：小欣，请原谅，与你分手越早，对你的伤害越轻。

　　有了这个想法，我尽量少与小欣接触，回避她那似火的柔情，温而不火地写几封信，谈谈写作上的一些事情，一再强调自己工作忙。

　　最后一封信是我下了狠心写的，主要意思是封锁了自己对她的爱情，原因写得很模糊和牵强——性格不一样了，自己的工作还没固定下来等等。

　　小欣最后一次给我回信，我推测是哭着写的，因为，在信纸上，我发现了泪的痕迹。

　　信中，她无情地责怪自己和家人哪方面做错了，追问我分手的真实原因。

　　我把真实的原因一直封存到现在，今天在这里告诉你：小欣，不是因为你不好，也不是因为你的家人对我不够重视，而是我的错，我应该早点把小红的事告诉你。

　　如果今天我说出了真相，刺痛了你已愈合的伤口，那又是我的罪过。在此我对浩浩长空说一声：我对不起你——小欣。

　　我和小红结婚了，小红知道了我和小欣有段美丽、纯情的故事，她不仅没责怪，反而深受感动。

　　女儿出世，我提议给孩子起名时把"欣"字加上，以此作为对我和小欣那段美丽、纯情故事的纪念。

　　小红欣然采纳了我的建议。

# 锤子有准儿

每个城市都有这样的人群——他们聚集在城市的中心地带，或者城乡接合部；他们来自四面八方的乡村，在城里干一些零碎活儿；他们穿戴破旧，满脸灰尘，人们习惯称呼他们"站大岗"。他们的故事会让你笑得心酸。

一

王小个子有个外号叫"烟鬼"，两三块钱的烟卷他一天能抽两盒，还是在一支不给别人的情况下。

每支烟他都抽到烟屁股根儿，直到烧焦过滤嘴为止。

这还不算，他对好烟更是情有独钟。

有那么一回，他给人帮工，人家给他一支"玉溪"。

他当时没舍得抽，小心翼翼揣进了兜里。到了家，他打个场子，点上烟，一小口一小口细品。

为了一点儿不浪费，他独出心裁，用一个塑料袋收敛鼻子冒

113

出的烟，而后再用鼻子吸一遍。

人生有了目标才有奔头，有的人讲究穿得好，有的琢磨吃得香。王小个子在烟摊儿前转了一圈又一圈，双眼盯着软包"中华"烟，感叹道："这辈子我能抽上一支它，死也知足了。"

他虽然没抽过软包"中华"烟，可没少听说——耳朵早灌满了。

一支烟比一斤大米都贵，找领导办事除了这个别的不好使。

去年秋天，他和同伴吴三给七区一户居民家刮大白。

活儿正干着呢，一个大胖子坐小车来了。

王小个子打哈哈凑趣："领导来了。"

话说得顺耳中听，胖子高兴："你挺会说话呀!"

女雇主迎出来也大加赞赏王小个子："你真有眼光，他是我们科长，我收拾房子，领导特意来关照!"

王小个子也不扛忽悠，更来劲儿了："就这福相，明年就是处长。"

胖子心花怒放，掏出软包"中华"烟，给他和吴三递上。王小个子要往兜揣，想着回家"细品慢咽"。

哪承想胖科长的打火机已经打着了："借你吉言，点上，歇一会儿。"

王小个子像模像样地品了两口，一看胖科长转身和女主人唠嗑去了，赶忙把烟掐灭，揣进左上衣兜。

他看吴三的烟快抽没了，心里骂道：真不会过日子，狗肚子装不了二两香油，不会省着回家抽哇。

突然，吴三冲王小个子喊："着了!"

王小个子不是心思地说："吓我一跳，喊啥呀? 啥着了?"

吴三拎起半桶水浇在王小个子的身上："你揣烟的兜着了。"

这时王小个子才发现，自己的左上衣兜一大片焦煳，还在冒着烟，他忙活半天才整灭。

吴三问王小个子："怎么整的，还着了呢？白瞎衣服了！"

王小个子惋惜地说："烟没掐灭就揣兜了呗，嗨，衣服我倒不心疼，白瞎我那大半根儿软包中华烟了！"

二

雇主何师傅住在新玛特附近的 H 楼。今年四月份，他偶然看见自家一楼车库窗台下面的瓷砖崩一块，他琢磨弄一弄，不弄怕来人看见硌碜。

他想起"站大岗"擅长干这类活儿，就去找他们。

何师傅到地方刚说有点活儿，呼啦围上来一大帮人。

何师傅自有主见，他想：干这种技术活儿，必须得找岁数稍大一点的，面相憨厚的。

当时他就点了刘瓦匠和孙瓦匠。

刘瓦匠问："多少活儿？"

何师傅说："也就换一平方那么大的瓷砖，得多少钱？"

孙瓦匠说："地方窄巴，活儿不好干哪。"

刘瓦匠说："我们不能管你多要钱，到现场看看再定价，这点活儿好说。"

一看俩瓦匠岁数适合，何师傅就领着他俩走了。

到了何师傅家，孙瓦匠看了看现场说："这活儿不好干，怎么说也得一百元。"

何师傅说："你别认为我不懂行，贴瓷砖我明白，盖楼的还高空作业呢，一平方才二十多块钱。"

孙瓦匠说："你这里，还得把崩瓷的刨下来呢。"

刘瓦匠显得挺实在："你这活儿虽不多，可是窝工，你看着给个价。"

双方几番给价还价，最后商量妥——五十块钱。

孙瓦匠对何师傅说："到晌午了，你去买与旧墙一样颜色的瓷砖，我们俩去吃点饭，下午再干。"

何师傅趁中午时间，把料备好了，到了下午，干等俩瓦匠也不来，急得团团转。

一直到下午三点，他才看到孙瓦匠和刘瓦匠喝得满脸通红，晃晃荡荡地来了。

何师傅担心地问："你俩喝这么多酒，还能干活儿吗?"

刘瓦匠满嘴酒气："俺俩人才喝三袋儿老白干，不到三斤。要是没你这点活儿，每个人再喝两袋儿不闪腰不岔气儿。"

何师傅说："你们看到没，要换瓷砖的上边是大理石窗台板，稍不注意就能给碰坏了，还是明天醒完酒再干吧。"

孙瓦匠强睁开迷糊的双眼，很不是心思地说："瞧不起谁呀?耗子腰疼——多大点事儿! 别看我眼睛睁不开，我锤子有准儿。"

刘瓦匠也帮着溜缝儿："放心吧，我们干瓦匠活儿，都干大半辈子了，闭着眼也能把你这点活儿干好。"

无奈，何师傅只得认真地说："干可是干，弄坏了窗台板你们得赔。"

俩瓦匠一个晃荡着脑瓜子，一个拍着胸脯，几乎异口同声："你就把心放在肚子里，该干啥干啥去。"

何师傅出门办点事儿回来，看到俩瓦匠闷头不语，感觉不对劲，到近前一看：好好的大理石窗台板裂了一道大璺，还缺了一块肉，心疼得直埋怨。

俩瓦匠还是一声不吭。

何师傅说："我可有话在先，弄坏窗台板得赔，换瓷砖的五十块钱我给你们，咱们一码是一码。"

让人意想不到的一幕发生了，俩瓦匠坐在地上大哭起来，哭得一把鼻涕一把泪，好可怜的样子。

孙瓦匠说："我老妈买药，孩子上学都没钱哪，怎么赔你呀！"

刘瓦匠说："我们工钱不要了，算帮你工不行吗？"

换窗台的大理石板，不算工钱，买料少说也得二百块。"站大岗"不容易，何师傅理解，虽说不能硬让他俩赔，可心里真是很生气，于是，故意难为俩瓦匠："哭解决不了问题，关键需要往出掏钱。"

听完这话，孙瓦匠抡起锤子就往自己的脑瓜子上砸："我不活了，就死在这儿。"

何师傅看不下眼儿了，上前进行了阻止。

刘瓦匠狂扇自己耳光："我也不活了，一会儿去买点农药喝了！"

何师傅转身劝刘瓦匠。

实在没招了，何师傅大发善心，不仅没让俩瓦匠赔窗台板，还把工钱给了他俩。

俩瓦匠临走的时候，何师傅再三告诫："以后干活儿，千万少喝酒。"

俩瓦匠发誓："以后再喝酒误事，就是大姑娘养的！"

三

许木匠能说会道，大家都愿意听他白话，他说："'站大岗'干的就是'下三烂'活儿，和要饭的差不哪去，这种行当本身就很尴尬。"

人生大不了就那么几件事——吃、穿、住、行，"站大岗"哪样少了尴尬？

吃，这些人经常啃馒头就咸菜，拿白开水当汤喝，瞅着别人山珍海味猛劲儿造，能好受？

穿，破旧埋汰，行人遇见都躲着走，心里能得劲？

住，租住简陋的房舍，透风漏雨，不觉尴尬那是脑瓜子让门给挤了。

行，挤公交都舍不得花一块钱，上哪儿去一色拿步量。

估摸也是去年这个时候，郊区来台拉粪车，车主喊："谁去干拉粪的活儿"。

当时因为活儿少，许木匠寻思，闲着也是闲着，就和其他两个棒劳力去了。

到现场一看，许木匠有些吃不住劲儿，小山包一样的粪堆，浓烈的腥臭味能把人熏个跟头。

粪堆四周野菜长得"肥头大耳"，听说这里的野菜不是没人采，而是来过一些人，没等下手就让鸡粪味熏跑了。

既然来了，后悔也不赶趟了。装车卸车，许木匠口捂一条手巾，戴了双层口罩，臭味还是呛得他直反胃。

118

整整一个上午，许木匠他们一共拉运了十二车鸡粪，连累带熏，几个人都出现眩晕症状，不得已，蹲在地上缓，缓了好一会儿才站起来。

　　过后许木匠还直叨咕："这活儿干的，赶上蹲三年大狱遭罪了。"

　　回到家，媳妇又洗又涮，许木匠身上的臭味仍然久久不散。

　　晚上，许木匠想和媳妇亲热亲热，媳妇见状当然欲火浓烈。可是，他一靠近，她就恶心，美事因此泡了汤。

　　许木匠去邻居家串门，人家捏着鼻子和他说话。回到"站大岗"人堆儿，同伴也不往他跟前凑。

　　他自己去澡堂子好顿搓，胳肢窝都用香皂洗了三遍。可穿上衣服还是有鸡粪味。

　　这难闻的臭味持续能有小半年，不仅闹得他尴尬难堪，还严重影响了他的生活。

　　去年冬天，他不经意发现，上衣兜里粘着两块鸡粪嘎巴，这才恍然大悟，原来拉运鸡粪的时候，不小心弄兜里两小撮鸡粪。于是他骂开了媳妇："你个臭娘们儿，为啥洗衣服的时候不好好掏掏兜？"

　　媳妇很生气，回上一句："你个臭'站大岗'的，兜比别人脸都干净，我掏啥呀？喝清酱耍酒疯——咸（闲）的！"

四

　　人有七情六欲，生活哪能缺少温情浪漫？尤其是"站大岗"，青壮年劳动力居多，他们奔波、劳累一天，更需要爱的调节和滋

119

润。可他们受条件的限制，往往好梦难圆。

因为"站大岗"租住的房屋窄小、破旧，大都是两口子和孩子滚在一铺炕上。

这给夫妻生活带来诸多不便。时间长了，一提男女之间那档事儿，丈夫不好意思，妻子还出现腮红，显得羞答答的。

叫何子的中年人在市郊租住一处十多平米的小房，孩子十二岁，懂事了。

一天，夫妻二人有心情，丈夫暗示妻子：等孩子睡了亲热一下。

妻子乐颠颠去烧了一壶热水，蹲到墙角把下身好顿擦洗，就等幸福那一刻。

丈夫一看妻子都准备好了，心中旌旗猎猎。可是，左等右等，孩子眼睛瞪得溜圆就是不睡。俩人没办法，放上小桌，喝酒耗时间。

你一口，我半盅，一来二去，俩人都喝多了，一觉干到天亮，结果啥事都没办。

天亮了，孩子也醒了，丈夫着急上工，妻子送孩子上学。那档子事儿也就不了了之。

该干的事没干，丈夫虽然去等活了，却仍心中不甘。

他索性去喊妻子，要求把那事干了。

妻子问："活儿不干了？"

丈夫趴在妻子的耳朵说："干啥都没心情。"

妻子一听，拉着丈夫的手奔家而去。

到了自己家，丈夫把门一插，抱起妻子亲了两口，随手将她扔在炕上。

妻子脸滚烫，脱掉衣服骂了一句："够刺激，赶上初婚了!"

# 五

张东被一个瘦老头儿雇主找去，干换地砖的活儿。

五十多平米的门市，整个换完地砖得三个人干两天，工钱少说得三百块，可瘦老头儿非得给二百八十块。

张东说不干了，工钱划不来，要去别处干比这挣钱多的活儿。

瘦老头儿说："你们'站大岗'真计较，我不差二十块钱，但我得说好，假如我这边边角角有点活儿，你们顺便给干了。"

张东也没多想，寻思：不外乎几锹泥、两把灰的事儿。

当他和泥的时候，瘦老头儿多给加了半桶水，泥稀了就得多加水泥和沙子。

张东说："泥多了，用不了白瞎。"

瘦老头儿应了一句："这还不一定够呢。"

张东拿瘦老头儿话没当回事，以为他说着玩呢。

然而，当张东把活儿干完了，瘦老头儿则指着剩下的一堆泥说："就合着它，多用一会儿你们的手，把我门口的台阶换了。"

张东不是心思了："我说和泥时候你多给加水，原来为这个？你也太能算计了。"

瘦老头儿还满嘴是理儿："多加水，我是助人为乐，另外有点活儿我也是有话在先。"

张东争辩："没有这么干的。"

瘦老头儿还不乐意了："要不说你们'站大岗'素质差，一天钱钱钱，钻钱眼儿里了，干点助人为乐的事不行啊？干不？"

已经干完活儿的工钱还没拿到手，没有别的办法，张东只好委曲求全。他和两个伙伴足足干了两个多小时，总算把"计划外"的台阶换完了。

想不到，末了瘦老头儿连句感谢的话都没有，好像张东他们是应该应分干的。

张东心里酸酸的："这哪是人干的活儿呀！"

## 六

连胜来自宝泉岭农场。大伙儿说他顶"不走字儿"了，不仅钱没挣多少，还把媳妇弄"丢"了。

连胜家里四口人，年迈的老母、媳妇和一个上中学的女儿。

农场种地费用大、成本高，粮食还卖不上价，他家的日子过得挺紧巴。

除了维持正常的生活，老母买药，孩子上学，春耕种地都需要钱，让钱憋得他头晕脑涨。

媳妇从开始的磨叨他，发展到埋怨他，因为他是一家之主嘛。

媳妇姓白，乡里乡亲都管她叫白胖。白姓人稀少，遇到同姓人自然格外亲。

她结识一个姓白的鱼贩子，处时间长了，还认他为本家哥哥。本家哥哥有点小钱，为人处事也显得仗义。

无论连胜，还是白胖，有事求白哥，白哥都有个哥哥样，热心帮忙。一来二去，白哥成了连家的贵客，每次到来，白胖都买

122

肉、杀鸡、烫上一壶酒，热情招待。

人穷志短，有时白哥借点酒劲说点过头话，连胜也不敢言语。

白胖对连胜说："这几年借白哥的钱有七八千块了，钱欠多了不是啥好事，你去打工挣钱，好早点还上。"

连胜不放心："我走了，姓白的常来，觉得不安全。"

白胖说："钱还不上白哥，才不安全呢！"

无奈，连胜通过熟人，于前年春天进城，加入了"站大岗"行列。

初来乍到，连胜挣的钱也少，除去每月给家邮几百块钱贴补生活，外债一点也没还上。

白胖进城来过一次，看到丈夫和别人同租街边一处小马架子住，一天冷冷哈哈地打零工，心灰意冷地走了。

哪承想，媳妇这一走就是妻离家散的开始。

去年连胜回家过年，白胖提出和他离婚。连胜气疯了，扇了白胖两个大嘴巴子。

白胖纹丝没动，连个眼泪疙瘩都没掉。她还说："我和姓白的已经难舍难分了，他为我已经和老婆离了婚。"

连胜去找姓白的理论，姓白的振振有词："婚姻自由是法律的规定，结婚、离婚是每个人的权利。"

连胜要和姓白的拼命，被赶来的老母拦住："为他们狗男女搭上性命不值！人三穷三富过到老，你长点志气。"

冷静下来，连胜想了想也是，只有安心打工，多挣钱，把日子过好才是对他们最大的报复。

这件事给人的触动很大，也敲响了打工丢媳妇的警钟。

现在"站大岗"基本上都带着媳妇，开始没带的，也赶忙回农村老家把媳妇接来。

# 七

盛夏的一天傍晚，李师傅他们七八个人还在等活儿。

因为白天他们没揽到一点活儿，心里很着急，怀揣一线希望，耐心等待雇主的到来。

突然，一辆蓝色客货车停在了他们跟前。一看有人来找干活儿了，大家立刻精神了，七嘴八舌问："啥活儿?"

坐在副驾驶位置的人说："拉土。"

大家又问："俺们都去行吗? 给多少钱?"

司机接过话："这些人还不够呢。放心，大活儿，钱给得特别多。"

当时李师傅也没多想，车上加在一起才两个人，这边算他八个人，人多势众，怎么也不至于上当受骗吧。

他哪里想到，这是他们遭受"黑奴"待遇的第一步。

车拉着他们朝城外西北方向狂奔，所过之处全是空旷的大草甸子。

过了好长时间，车开进一个破旧的油毡纸厂。还没等车停稳，两扇大铁门"吱呀呀"关上，门口出现了四五个有文身的拿着家伙的打手。

李师傅一看傻眼了: 让人抓劳工了。

他瞅瞅来的八个人，有几个年老的，还有几个小青年，顶数他年轻力壮。

124

打手请出一个吼喽气喘、脸上有刀疤的人，看来他是这里的老大。

打手厉声对大家喊："都站好了，领导给你们训话。"

"刀疤"干咳两声："你们'站大岗'勤劳啊！听说见了活儿就抢？干不上还不高兴？今天就成全你们，让你们一次干个够！五百袋儿土，工钱看表现定。"

大家心里再清楚不过了，对抗显然不是上策，逃跑也不可能，只有委曲求全，试试用出力、流汗的办法感动"刀疤"。

取土的地方离油毡纸厂估摸有二里地，每袋儿土少说也有一百五十斤，土拉进院后，还要往黑糊糊的大油池子里扛，摆成隔断。

李师傅分析，这里说是油毡纸厂，更像炼油的黑窝点。

天黑了，成团的大蚊子往身上叮，别说露肉的地方了，就是隔着衣服，蚊子叮得人都直激灵。

活儿还没干到一半，人人累得筋疲力尽，浑身上下沾满了黏糊糊的黑油，样子比美国"黑奴"还惨。

有一个小青年累蒙了，坐在地上站不起来，哀求打手："我干不动了，工钱我不要还不行吗？"

打手掂量一下手中的木棒，缓缓地上前，到了小青年跟前，突然变得像凶神恶煞一般，他抬起一脚，踹得小青年"妈妈"直叫唤。

很明显，这是"杀鸡给猴看"。

李师傅讲情："他还是孩子！"

打手看李师傅干活卖力气，在八个人里很有号召力，瞪他一眼说："想啥都没用，啥时候干完活儿，啥时候自由。"

李师傅觉得这是句实话，便安慰大家："齐心协力，再加一把劲儿，干完活儿好早点回家。"

这时，又一辆客货车拉来四五个"站大岗"，两伙人合一块儿，活儿干得快多了。

李师傅问后来的人："你们来自哪里？"

后来人回答："让胡路区，到这地方，感觉不对劲儿。"

李师傅叹息一声："倒霉，我们是萨尔图区的……"

还没等把话说完，一个打手过来直嚷嚷："好好干活儿！"

半夜十二点左右，活儿干完了，人已经累得直打晃，造得和鬼差不多。

打手大喊一声："都进屋，领导给你们开会。"

加上后来的一拨，十多号人挤进了所谓的油毡纸厂的门卫室。

"刀疤"方步迈到一个小桌前，用打火机敲了敲，又干咳两声："你们开始表现不怎么样，后期挺卖力气。看在后期表现上，总共给你们两伙二十块钱，走到市里也快天亮了，别饿着，每人买两个馒头吃。理解点，创业是艰苦的，以后面包会有的。"

十多号人，累个半死，二十块钱就打发了！即便这样，也没人敢吱声。

真像"刀疤"说的，李师傅他们走到家已经天亮了。

他们很庆幸，因为让胡路区的同伴走到家，起码也得等到中午，他们的道远。

# 王 八 血

血色的夕阳涂抹着西边的天际，半个天空红彤彤的。

李老汉望着天空，心里美滋滋的。他心里想，多好看的夕阳啊。

俗话说，人逢喜事精神爽。李老汉刚领回一笔卖粮款，这数目还真不小。领钱的心情能不好吗？心情好，那真是看人人亲，看景景美。

有钱了，涌上李老汉心头的第一个念头就是好好治治老伴的脑血栓后遗症！

这时，小孙子从院墙豁口探进小脑袋："爷爷，俺爹叫你去吃好吃的。"

李老汉走出院门，低头小声问孙子："没说喊上你奶奶？"

孙子努着小嘴，仰着脖说："她不是我亲奶奶！"

"你个小兔崽子，都是受你爹的影响。"李老汉生气地说。

看孙子跑一边玩去了，李老汉叹息一声，心里想，孙子真没有说错。

李老汉六十多岁，老伴去世早，他又当爹又当妈拉扯三个孩子。

村西头的王老太太孤身一人，她与李老汉跳广场舞时摩擦出火花。

李老汉已经给两个儿子娶上了媳妇，他们都分家另过，唯有老儿子还没成家。他对王老太太说："等老儿子成了家，咱们搬到一块儿过，互相也有个照应。"

王老太太对李老汉说："不急，按你说的办就是了。要不，该有人说你没正事了。"

就在这个时候，出现一个第三者，差点没把王老太太勾搭走，多亏她"意志坚强"。

说起来还挺招笑，王老太太去市里走亲戚，被一个退休老头儿看上了。这老头儿不简单，处级，每月工资七八千块，走路都迈八字步。

他迎面碰到过王老太太两次，色眯眯的眼睛好像要往出喷火。他打听到王老太太还是单身，第三次碰面，他直言不讳地当王老太太面说："我看上你了，你皮肤白，女人味儿十足！"

王老太哪经过这个，赶紧拐弯走向别处——躲了。

一起溜达的同伴问退休老头儿："你说的女人味儿十足，足在哪儿？"

退休老头儿说："这老太太胸大，馋死我了，我就喜欢丰满的。"

当面表白没有得到回音，退休老头儿请托了媒人。王老太太说啥也没干，媒人让她给个理由，她就把村里的老李头搬出来了，她说："我们村里有个老李头，人可实诚了。我都答应人家了，哪能半道'秃噜扣'。"

去年，李老汉给老儿子操办完婚事，正要接王老太太进家门儿，她却突发脑血栓，住进了市里医院。

王老太太拿不出足够的钱治疗，李老汉慷慨解囊，这才保住她的命。可她出院后半个身子有点不听使唤，走路、做家务"笨笨磕磕"，留下了很严重的后遗症。

这个时候，李老汉的大儿子不同意老爹找王老太太这样的老伴，大儿媳也跟着唱反调，一个劲儿唠叨："找老伴行，可也不能找个'药罐子'。"

李老汉来了犟劲，说，人起码要讲点诚信吧！他不听那个邪，毅然决然把王老太太接到家，还到民政部门领了结婚证……


李老汉走着走着一抬头，来到大儿子家门前。他心里还盘算，这次一定找个机会，好好说说大儿子，不管亲妈后妈，哪怕管王老太太叫姨也行啊。

大儿子透过窗户看到爹到了，赶忙开门迎接。

李老汉心里暖暖的，一不小心，让门槛子拌了一下，身子一晃，大儿子赶忙上前搀扶。

这时，大儿媳从里屋出来，快言快语地说："我们不愿意您找'药罐子'，怕您沾包，为您好。虽然您和她一起过了，也要小心被讹上，省下俩钱，您这不还有孙子吗！"

李老汉当时就把脸撂下了。没等说啥，大儿子瞪了媳妇一眼："今天喊爹喝王八血，整那没用的干啥。"

大儿媳不听丈夫劝，接着说："对您好，还得是俺们。这不，孩子他爹弄回个野生王八，说王八血大补，治百病，特意让您孙子去喊您。"

"爹，我这就杀王八。"大儿子说着，手起刀落，随即双手掐住断了头的王八，使劲朝一个小碗里控血。

王八抽搐着，倒控出一小碗底儿朱红色的血。大儿子俩手交替在围裙上擦了擦，端起小碗送到李老汉面前："爹，这可是好东西，您一口喝了。"

李老汉挥了一下手，示意喘喘气再喝。

他喘了几口气，稳了稳神，油然升起自豪感，感觉幸福满满。

他想起，县城的一个远房亲戚从科长岗位退下来，曾经当他显摆好几次了，说喝王八血好，大补。想不到，老子今天也要享受了！

突然，李老汉好像又想到了啥，一下用手捂着肚子，嚷着要去茅房（厕所）。

大儿子听了，没有放下端着的小碗，焦急地说："爹，王八血趁热喝才管用，您喝完再去！"

李老汉啥话也没说，他接过碗，一扬脖把王八血喝下，转身去了西房山处的茅房。

一小碗底儿王八血，李老汉喝到嘴里一点没往肚里咽，全部在嘴里含着。他到茅房象征性地撒了一泡尿，一看四周没人，也不知哪来了灵巧劲儿，一蹿高翻过半身高的土围墙，急三火四往后趟街的自家奔。

在近似小跑途中，他遇到俩熟人，嘴里含王八血的原因，他不能与熟人说话，只能冲他们直点头。

俩熟人愣眼看李老汉，心里犯寻思：这是咋的了，一把年纪了，闭着嘴鼓着腮，走起路来风风火火。

口腔里的王八血涨得腮帮子又麻又疼，李老汉坚持着，脚步越迈越大，越走越快。

转了一个弯，又过了一个横道，李老汉终于闯进了自家的小草房。

他见老伴正在收拾屋子，冲上前，一下把她抱到炕沿，摁她坐稳，双手钳子似的搬住她双肩，嘴对嘴把热乎乎的王八血吐给了她。

王老太太目瞪口呆，咽下李老汉吐给她的王八血，打了一个饱嗝。她心里明白，这个饱嗝不是喝饱了，而是呛着了。

李老汉喘了一声粗气才说："老伴呀，我吐给你的是王八血，大补、治百病。大儿子让我趁热捎给你。"

王老太太想了一下，眼圈一热，予以否定："不是大儿子捎给我的，是你舍不得喝，惦记我！"

李老汉说："你怪能猜的，不要想那么多，你喝了，我心里得劲呢！"

王老太太猛地站起，双手揽住李老汉的脖子，像孩子一样喃喃地说："我知道，你不能在大儿子那儿吃饭，我现在就去给你做好吃的！"

李老汉一把将王老太太抱住，大厚嘴唇子狠狠吻了她一下，随后说："你坐着别动，我去做好吃的，做好了，咱们一块儿慢用。"

王老太太说不出话来，眼泪唰地一下涌出了眼眶……

# 军犬科迪

一名战士在部队养了一只军犬。他复员了，可是，军犬得了相思病，命悬一线。

复员战士三返军营，"人犬情感大戏"感天动地——

一

徐健出生在大庆油田，那年冬天，他光荣入伍，成为中国人民解放军海军的一员，服役在辽宁葫芦岛某军需补给基地。

徐健所在的营房，西南角是仓库区，那里有一只军犬。这只军犬是纯种德国黑盖儿，它黑色脊背，其他部位间杂呢子黄，直竖两只耳朵，一副飒爽英姿的神态。

与地方相比，部队生活相对单调。没事的时候，战友们都好往仓库跑，打哈哈凑趣儿逗军犬玩。很多战友的津贴，都给这个特殊的战友买了火腿肠。

一天，军犬下了一窝崽，从小喜欢军犬的徐健欣喜若狂，他跟仓库管理员套近乎，想要一只。

仓库管理员是大连兵，徐健与他攀老乡。管理员疑惑，大连与大庆不是一个省，又离得那么远，如何联系上老乡呢？

徐健回答别有创意：这不很明显嘛，大连、大庆，都犯"大"字。

管理员直点头，认为理由还说得过去。

小军犬忌奶的时候，管理员真的送给徐健一只，还送上一句："难得我们都喜欢军犬。"

徐健如获至宝，晚上睡觉搂着，出门还把它揣在兜里。

不久，西安长冶某军需基地需要司机，徐健被调到那里服役。

走的时候，他带上了那只小军犬。

到了目的地，新战友"呼啦"围住小军犬，稀罕得了不得。

新战友问："起名了吗？"

徐健说："还没有。"

"典型的德国黑盖儿，出身名门，没有名字白瞎这种了。"大家七嘴八舌。

"我看这小军犬就叫科迪吧。"一名战士说。

其他战士问："为啥叫科迪？"

"军人的天职是克敌制胜，科迪的谐音就是'克敌'，咋样？"有战士这样解答。

"好！"大家鼓起掌来。

小军犬从此有了个好听的名字——科迪。

连长同样喜欢军犬，他说："在部队，个人养军犬不行，连队养就没啥说的了。"

于是，连长张罗给科迪办了军队户籍，科迪就成了军营一员。

名义上科迪是连队的，可实际上，还是由徐健自己养。

科迪就是徐健的影子，他走到哪儿，它都在后面跟着。

清闲的时候，徐健到操场上对科迪进行技能训练——叼飞碟、跃障碍、默认肢体语言……

科迪长本领了，它的悟性让战友们兴奋不已。

# 二

科迪不亚于当红明星，所到之处都是远接近迎，受到热情款待。

喜欢买零食吃的战士，每次去超市都要给科迪带回一份。水果、糖果、饼干、虾条、牛板筋，科迪来者不拒，常常是嚼着嘴里的，望着战友兜里的。

让战友们笑破肚皮的是，牛板筋辣得科迪直流眼泪，即便这样，它的前爪还往战友的兜里扒。

军营后面有一条河，当地人叫它青龙河。徐健与战友洗澡的时候，科迪坐在岸边给他们看衣服。

烈日下，科迪坐在一堆衣服旁边，伸着长长的红舌头，看着徐健和战友劈波斩浪。

徐健想家了，科迪陪着他看夕阳。

大礼拜的早晨，徐健睡懒觉，科迪会用嘴拽他的被子；徐健穿鞋，科迪给他叼来袜子……

这温馨的一幕幕，让战友们好生羡慕。

战友刘北京（北京籍兵）吃排骨，偷着拿回来几块。他给科迪"上态度"，可是，科迪吃饱喝足，摇着尾巴走了。

刘北京喊它叼袜子，它连头都没回，气得刘北京一跺脚，幽默地骂道："你是贪官呀，得了好处不办事儿。"

让科迪真正成为明星的，还得提一次侦查行动，因为那次侦查行动，它的照片刊登在了军报上。

一天夜里，大雪封路，地方一支运送物资的车队紧急向部队求援，部队特事特办，安排车队临时在营区躲避风雪。

可是第二天，车队有六辆汽车打不着火，一检查，发现电瓶丢了。

附近居民偷部队东西的情况发生过，都是小来小去的，一下丢这么多汽车电瓶，还是第一次。

当地派出所来了两名警察，部队派徐健与另一名战士配合，展开了侦破工作。

警察把目标锁定在东侧的居民区，这里距离军营只有一里多地。

然而，科迪出门之后一直往西跑，边跑边嗅白茫茫的雪地。

往西八里多地有个农庄，风雪交加的天气，难道盗贼藏匿在那里？

徐健相信科迪的判断能力，他肯定地说："科迪绝不会带错路！"

终于在一个高岗地带，发现了一对新踩的鞋印，大家充满了信心，跟着科迪向农庄开进。

在一家农户的土窖里，科迪找到了丢失的六个电瓶，并且将一个盗贼当场扑倒。

军报记者到连队采访，称科迪是神探。

连长高兴得搂着科迪的脖子，特意让记者给拍照，他还把这张照片压在办公桌的玻璃板下。

## 三

三年后，徐健背起行囊，戴着大红花上了一辆大客车，战友们相互拥抱，眼泪纷飞。

科迪一看这场面，心里发慌，它的尾巴耷拉着，围着大客车转悠，嘴里发出"哼哼唧唧"的声音。

徐健复员了，即将离开部队，在这之前，他不止一次抱着科迪的头流眼泪。

科迪也失去了往常的威风凛凛，像霜打的茄子——蔫了，它预感到主人要走了。

科迪的眼神惊慌，夹杂着质疑，它不明白主人为啥没有带它走的意思。

徐健无言以对，是的，科迪已经成了他生命的一部分，可它是部队的，属于军营，属于战友。他没有权利，更不好意思带它一起走。

临复员的前一天夜里，徐健扔给科迪两根儿鸡肉味火腿肠。没想到，清晨醒来，他发现它默默坐在他的床前，鸡肉味火腿肠一点没动。

客车发动了，徐健再次下车，俯下身子，用手抿一抿科迪的眼角，这几天上火的原因，它的眼屎特别多。

车上的战友喊徐健走，他使劲亲吻科迪的眼睛，一狠心，转身上了车。

车开出了营房，科迪六神无主的样子，颠颠地紧随其后。

车驶上了大道，科迪跟着上了大道。

车速加快了，科迪没有回去的意思，同样奔跑起来，并有超车的意思——近了，近了，它不住向车厢里看，目光搜寻着徐健。

徐健双眼模糊，他擦了擦眼泪，忽然看到一辆大货车迎面向科迪冲过来！

徐健的心快提到嗓子眼儿了，他几乎喊出了声：科迪，小心，别让车撞着！

大货车"呼"的一声过去，卷起了大团烟尘。科迪像黑色的闪电，从烟尘里穿出，继续追赶徐健乘坐的客车。

徐健坐不住了，他从座位上站起，几个战友把他摁下："科迪看到你，非跑丢不可。看不到，它就死心了。"

坐在前边小车里的连长发现科迪跟来了，车掉头迎了回去，连长把科迪抱上车返回军营，用铁链子拴上了它。

徐健的眼泪几乎流了一道，回到家乡的时候，他还担心科迪：是不是铁链子勒坏了它的脖子，是不是它挣脱铁链子顺着铁道往东北方向撵……

他不敢想了，一个电话打到军营，询问科迪的情况。

连长告诉他，科迪挺好的。

徐健猜测连长说的是一句安慰话，他不相信科迪挺好。思念成了他心底深深的痛！

真让徐健猜对了，过了不长时间，连长的电话就从部队打来了。

连长说："科迪不吃不喝，瘦多了。方便的话，你来部队陪它一阵子。"

啥方不方便啊，听到这个揪心的消息，即便有事，徐健也没有心思去做了。

四

回军营的一幕让徐健刻骨铭心——科迪没来迎接他，是他去看的它。

见到他，科迪起身，凝视着他，眼里没有惊喜，却充满着憎恨，好像在问："你为啥这么无情？"

科迪消瘦了很多，以前缎子面一样的毛色不见了，全身的毛乱乱的。

毕竟是久别重逢，很快，科迪打起精神，它昂着头，摆着尾，跟在徐健的身旁，不时用粗壮尾巴捶打他的大腿，以示亲昵。

为了科迪，徐健在部队住了半个月，家里来电话催了，他不得不动身返程。

走的时候，他费了很大的苦心——他让战友带科迪去附近居民区买鸡肉味火腿肠，他趁机偷偷离开了部队。

转过年，春暖花开，徐健被安排到油田保卫处工作，他当上了一名经警。

工作稳定了，他的心情格外好，望着漫天飘舞的柳絮，他忽然想起，科迪在这个时候应该脱毛了……

正想着呢，连长又给他打来了电话："科迪很反常，动不动就没影儿，每次都得派人寻找；见到附近居民拿部队东西，它连个声都不出，不像以前又咬又追的。"

徐健向单位请了假，再次回部队看他的科迪。

这次，科迪没有了上次对他的冷落，也许它想：那样会伤主人心的，主人伤心了，该偷偷走了。

科迪早早等在军营门口，见到徐健，它的尾巴呼呼摇晃，两只粗壮前爪搭在他的胸前，晃荡着头，一副激动万分的神态。

在青龙河畔，徐健坐在沙滩上左右为难：连长和战友都喜欢科迪，科迪虽然是他从小带来的，可现在它不仅仅属于他自己。

科迪趴在他的腿上，头不住地磨蹭他的下颏……

走的时候，徐健故伎重演，他让战友带科迪去买鸡肉味火腿肠，看到它走远了，他才动身去长途客车站。

徐健走着走着，一抬头，突然看见科迪在他前面的路上坐着，舌头伸出多长，并且喘着粗气。

徐健的眼泪滑过腮边，一直淌进嘴里，他跑过去，一下把科迪抱起来："怎么搞的，你不是跟战友去买火腿肠了吗，啥时候跑到这里？"

他哪里知道，科迪是跟着战友去买火腿肠了，途中，感觉不对，它转身抄近道堵截徐健。

没有别的办法，他领着科迪返身回到军营，学着连长的做法，把它用铁链子拴上，硬着头皮走了。

五

徐健又一次离开部队，心情很不好，他放不下科迪，他自责对不起它。

他有带科迪回家乡的想法，可直到走，他也没对连长说出口。

回到家乡，徐健经常做噩梦，不是梦见科迪走丢了，就是梦见科迪患病爬不起来了。

他给部队打电话，连长无可奈何地说："我正想找你商量科迪的事儿呢，它又不吃不喝了，你赶紧来一趟吧。"

这是徐健复员后，为了科迪，第三次重返部队。

刚到部队，科迪远远扑过来，它一跃而起，两只前爪搭上他的双肩，又红又长的舌头疯狂舔着他的脸。

徐健摸摸科迪"溜瘦溜瘦"的肚子，它的肋条直硌手。他真的很难理解，它是从哪里来的力气，竟然扑到他的肩上。

他抱住科迪的头，忍不住潸然泪下："今后我们不会分开了！"

连长说："科迪不能离开你，这次你把它带上吧。"

徐健感激地点点头。科迪好像也听明白了，一下扑到连长怀里，使劲撒欢。

战友们知道徐健要带走科迪，都为科迪高兴，但也流露出不舍。

大家纷纷与科迪合影，科迪一会儿温柔似水，一会儿又兴高采烈。

偌大的军需基地，科迪这儿走走，那儿望望，它还带着战友去了青龙河，面向川流不息的河水"汪汪"了几声。

科迪也不"看人下菜碟"了，别的战友让它叼袜子，它乐此不疲。

徐健兴致勃勃带着科迪上火车，没有想到，遭遇铁路工作人员的制止：动物不允许上火车。

徐健和连长找火车站领导疏通，没有结果，但得到一条宝贵信息：如果是军警人员执行任务，可以开绿灯。

连长经过请示，得到特批，给徐健专门开了一张到东北执行演习任务的介绍信。

徐健带着他的科迪乘上火车，火车徐徐开动。

科迪双爪搭在车窗，使劲地"汪汪"两声，它用这种特殊的方式，向军营告别，向战友们致敬！

# 爱　情

## 一

　　从早晨开始，村里人的话题就特别集中，彼此见面打招呼都说："没去晓光家看看他倒插门的新姑爷？"

　　"去了，去了，昨天晚上就去了，那小伙儿长得带劲儿，还是大学生呢！婚礼不是在今天晌午办吗，一会儿还去捧场。"

　　李晓光家的屋里、院里挤满了人，大家都是来祝贺的。这些人不住地夸李家女儿命好，找到这么像样的女婿。

　　知道底细的人马上纠正，那哪是女孩找的，是小伙儿看中了咱们的闺女，主动追到东北来的。

　　一位大婶挤进屋看罢新郎，返身对大家说，这幸福的一对，如果不是亲眼所见，都不敢相信这是真的。

　　新娘李凤打扮得漂漂亮亮地坐在床上，英俊潇洒的新郎马林强在一旁"稀罕巴嚓"地望着她，照顾着她。前来祝贺的人看罢发出啧啧的感叹。

举办婚礼的地方离李晓光家不远，这里也早早挤满了人。人们嗑着瓜子儿，嚼着喜糖，热议着同一个话题——新郎好棒，新娘子命好。

十点五十八分，婚礼庆典仪式开始。婚车从李晓光家缓缓驶向典礼现场，新郎从车上抱下新娘，人们自发地散开一条通道，齐刷刷的掌声，伴随手机"咔咔"的拍照声，大家像迎接大明星一样迎接着一对新人。

典礼台背景是一个红红的大喜字，两侧粘贴着当地热心肠老人郑广福亲笔写的一副对联：视频红线牵南北，网络传情结良缘。横批：李凤马林强新婚庆典。

另一名好心人郑飞甘当义务主持人。他激情四射地讲述了李凤和马林强的爱情传奇，赞美新娘身残志坚，乐观向上；夸奖新郎追求真爱，勇于担当。

证婚人是古城村村长陈春梅，她代表全村人向一对新人送祝福，同时还代表村党支部和村委会郑重承诺："今后一定尽全力扶持一对新人的生产，照顾他们的生活。"

轮到新郎讲话了，他俯身亲吻了坐在轮椅上的新娘，当着父老乡亲的面做出郑重承诺："我爱李凤一辈子，我要给她一个温暖的家，照顾她一生一世！"

如雷的掌声，伴随着众乡亲感动的泪花……

二

李凤是古城村李晓光夫妻的独根儿苗。

她在四岁的时候，患上了"肌无力"的怪病，这种病属于不治之症。她不能走路，不能上学。看到同伴背着书包去上学，她急得哇哇大哭。

　　治不了也要试试，李晓光夫妻豁出去了，没钱借钱，背着孩子去北京和石家庄各大医院救治。

　　奔波了五六年，钱花了十多万，可是，始终也没看好女儿的病。李晓光因为给孩子看病致贫，成了靠民政部门救济的低保户。

　　李凤常年瘫痪在床，双手除了能吃饭外，睡觉翻身都需要人帮助，上厕所需要人抱着，生活基本不能自理。她的残疾证上的残疾等级为一级。

　　父母用轮椅推着她上了一年的学，后来因为她的身体原因，不得不离开学校。之后，李凤踏上了自学的道路，她借来旧的课本，自学了初中和高中的课程。

　　李凤早就知道现代社会网络的神奇，可是，她家没有买手机的那笔支出，一直到三年前，她才有了心爱的手机。

　　李凤痴迷在网络的世界里，她通过网络涉猎知识，通过网络结交朋友，通过网络规划着美好的人生。

　　有了手机的那年春天，她登录了一家网站，里面有残疾人交友平台，她把自己的简历和靓照挂在上面。她在简历中写道：我是一名重度残疾女孩，今年二十三岁，真诚做人，真诚交友。

　　一时间给她留言的网友很多，当男网友知晓她还是个单身女孩时，纷纷要求加她的QQ。

　　李凤清晰记得，那年的三月七日，又有一个新网友加了她的QQ，这个人叫马林强。

马林强：想和你交个朋友。

李凤：你也是残疾人吗？

马林强：是呀。

李凤：可以交朋友呀。

马林强：既然是朋友了，等你结婚的时候，我送你一套苗族服装。

李凤：呀！这么说，你是苗族人？

马林强：是呗。

……

通过 QQ 交流，天南地北的两个年轻人感情逐步加深，成了好朋友。

李凤了解到，马林强与她同岁，当时是一名就读于重庆城市职业学院的大专生，学习建筑专业，即将毕业。

马林强的家在云南省的大山深处。

山区条件差，生活贫困，直到现在，那里的村民还在用耕牛种地。

马林强有两个哥哥，为了他能上大学，二哥早早辍学去打工。

李凤了解的这些都是马林强的真实情况，唯有"残疾人"是谎言，其实马林强是一个健康的小帅哥。后来，马林强才告诉她，之所以撒谎，是为了不让她有自卑感。

也许都是贫苦家庭出身的原因，两个人很谈得来，彼此留下深刻、美好的印象。

马林强：我的梦想是干一份能去全国各地旅游的工作，想不到所学的专业是建筑管理。

李凤：我想当一名作家，可是书念得太少。

马林强：世上也有没上过几天学就当作家的。

三

其实，马林强与李凤相识纯属是个巧合。马林强大学快要毕业的时候，很悠闲，时光几乎都在网络上打发了。

他也不知道怎么就点开了残疾人交友的网页，冥冥之中就关注了李凤。

与李凤成为好友后，他对她有了好感。她阳光乐观的心态，以及积极向上的精神，都潜移默化地影响着他。

李凤说，父母年纪大了，她想为他们分担些事情，于是，她选择了网上创业。

好心的邻居知道了这件事，主动把网线接到她家，为她节省手机上网费用。

起初，马林强不太相信李凤能把网店开成。想不到，经过李凤的不懈努力，她的网店真的开张了，她还给自己的网店起了个好听的名字——优美乐。网店经营时装和饰品，竟然有三百多个品种。

遗憾的是，她交不起数千元的押金，更雇不起"水军"虚刷订单，网店信誉度提升不起来，因此，效益少得可怜。即便这样，她依然执着地坚持着。

马林强大学毕业去了重庆一家建筑公司实习，实习工资一千五百元。

本来这家公司有食堂，几个小青年吃腻了，经常出去下馆子，其中就有马林强。

这样一来，他的工资就不够花了，只好向二哥伸手。

李凤知道这件事后，在 QQ 上给他留言：父母省吃俭用供你上大学，你二哥还没娶媳妇，你都挣工资了，还管你二哥要钱，好意思吗？

马林强发了个脸红的表情。

过了一个月，马林强晒他的幸福——月薪净剩五百元，不用再向二哥伸手要钱了。

李凤心花怒放，一连气儿给马林强点了一百个赞。

突然有一天，马林强给李凤留言：社会太黑暗了，活着真没意思！你以后可能联系不上我了。

看了马林强的留言，李凤非常紧张，她马上问：怎么有了这样的想法？

马林强不愿意说，在李凤的巧妙迂回下，终于"套出了"实情。

原来，马林强跟着建筑公司的施工队去维修燃气管道，他是施工现场监理。看到工人违规施工，埋下了安全隐患，他上前制止。想不到施工队负责人让他滚蛋，声称这是为了节省材料、赶工期，还说是上级领导同意这么干的。

马林强非常生气，他不相信施工队负责人的说法，把此事写成书面材料反映给上级。奇怪的事情发生了，上级领导不仅没有叫停违规施工，还把他写的材料转给了施工队的负责人。这个负责人把马林强大骂一顿不说，还扣了他的工资……

李凤说："人生哪有那么一帆风顺的？像我这样的人都活得好好的，何况你一个健康的人……"

# 四

马林强结束了实习，通过朋友介绍，来到广州一家家具厂打工。

他在 QQ 上给李凤留言：来到一座新城市，找到一份新工作，底薪三千元，不算奖金。分享幸福，请求视频！

李凤看了马林强的留言，感觉比自己找到工作还高兴。

也是，她与他网上交往一年多，还没有视频过，只是相互发了照片。之前多次，马林强要求和她视频，都让她拒绝了。这次马林强提出，她不好意思再拒绝，她想，都是老朋友了，视频就视频吧。

视频中，马林强兴奋之情溢于言表，他向她吐了吐舌头，做了一系列鬼脸，逗得她前仰后合。

李凤脸颊绯红，一个劲儿说："我只露脸，瘫痪部位不能露，露了怕吓着你。"

他拗不过，也就依了她。

而他在摄像头前，转着身子让她看。李凤看完说："你真的很帅，比照片帅多了！"

相隔数千里，两颗心在逐渐地向一起靠拢。

过了几个月后，马林强在视频里很认真地对她说："我爱上你了，给我当媳妇吧。"

她感到突然，问了一句："你是不是发烧说胡话？"

他说："我没发烧，也不和你开玩笑，我是认真的。"

李凤对马林强表达了感激之情，说："我是一个全身瘫痪的

148

女孩儿，瘫痪程度要比你想象的还要严重。你是一个健康人，咱们确实不般配。"

马林强说："爱情就是爱情，管不了那么多，我认为挺般配的。"

她抗议，然而，他依然我行我素，还是一口一个媳妇称呼她。

李凤让马林强说出爱她的理由，他向她吐露了心扉。

马林强在大学期间，也与一些女生接触过，在一起唠嗑的时候，他的自卑感强烈攀升。这些女生不是聊傍大款，就是聊逛街，他和她们根本不在一个"频道"上，很难相处。

马林强的同学给他介绍过一个对象，对象家在贵州农村。彼此一见面，对方提出两个条件：第一，要求彩礼十万元；第二，让马林强必须给她的父母在家乡县城买处楼房。马林强很是郁闷，爱情怎么贴上条件的标签？他感到无奈。

马林强说，人活着最重要的是尊严，与其他女孩接触，他感觉没有尊严可言。

李凤语重心长地说："被拖累也没有尊严，我绝对不能拖累你。"

马林强坚持着："你瘫痪不能行走，我当你的腿！"

五

一个女孩被男孩追是件多么幸福的事情啊！李凤虽然拒绝，但是，她的心里有过陶醉。残忍的是，这种陶醉刚刚涌上心头就被理智驱散。

李凤反复想，绝不能干拖累马林强的事，他是大学生，是健康人，他一表人才，他有他幸福的未来。而自己呢？全身瘫痪，享受低保，网店开了一年多，只有几千元的收入。

是的，她曾经向他畅想过自己的人生规划：在网上学养殖，学扣大棚技术，自己行动不便，可以指导父母干。然而，这一切只是设想，是蓝图……

马林强打开了视频，他在视频里对李凤说："媳妇，我要去看你，你总说你身体状况不好，我要亲眼看看。"

李凤说："你要相信我，不要太任性。如果你不听我劝的话，咱们连普通朋友都不能做了。"

马林强说："我已经决定去你家了，把你的手机号告诉我，还有详细地址。"

李凤一看他真的要"闯关东"，有些傻了。突然，她想出了一个办法，把自己的QQ设置成隐身状态，断绝与他的交往。

李凤的QQ虽然设了隐身，但马林强的留言她还是能够看到的。

她点开QQ，他的留言一下就蹦了出来：媳妇，你怎么这么狠呢？不要不理我。你不上线是不是因为你病了？还是你家里发生了其他事？快上线吧，把实情告诉我，我快急疯了！

第二天留言：想你想得六神无主了，今天我在厂里干活，给家具喷漆都喷差色了，老板扣罚了五十块钱。媳妇，成全我吧，赶紧上线！

第三天留言：媳妇，《永远陪伴你一生》这首歌真好听。我把歌词写在这里：你是天上一轮明月，我是月边陪伴你的星。你是花丛中盛开的花朵，我是采花小蜜蜂……今生有幸认识了你，你就是我的永恒。地老和天荒永不分离，永远陪伴你一生！

第四天……

李凤一边看着，一边忍着心如刀绞的痛，泪水溢出眼眶，滴落在手机屏幕上，字模糊了，她看不清了……

马林强知道李凤能看到他的留言，坚持天天给她发。

李凤无奈了，干脆更换了QQ号，让他断了追她、爱她的念头。

半年时间过去了，李凤内心处在极度的痛苦之中，想重新把他的QQ加上，又不敢加，不敢加还总放不下。

突然有一天，李凤鬼使神差地把马林强的QQ号又加上了。

久别重逢，马林强打开视频，刹那间泪流满面；李凤则用手捂住脸，怕他看到自己的眼泪。好半天，两人没说一句话。

这次，他提出，必须来东北看看她。

李凤点点头，她想，他来看看也好，让严酷的现实给他一点触动和打击，兴许会让他放弃追求她、爱她的想法。

# 六

农历七月初七，这一天被称为中国的情人节。马林强盘算好了，他从广州提前启程，要在农历七月初七这天见到他的李凤。

他琢磨着要给李凤买个特殊的礼物。琢磨来琢磨去，他去金店花了一千四百元买了一个小金佛。

捧着小金佛，他祈祷：李凤千万别有事，保佑她健康、快乐，保佑自己追爱成功。

他倒了四次客车、三次火车，折腾五天四夜，果真赶在情人节当天闯进了李凤的家。当他捧着小金佛站在李凤面前时，李凤脸颊红得发烫，一时说不出话来。

马林强冲她一吐舌头，做了个鬼脸，随即送上一句："你不挺好的吗！"

话音刚落，他就大胆地走上前，亲吻了她。

李凤激动得浑身颤抖，她自问："我不是在做梦吧？"

马林强说："不是做梦，有了小金佛的保佑，我们所有的梦想都能实现。"

马林强在李凤家住了八天，精心照顾她八天，他给她洗脚，给她梳头，抱她上厕所……

返家前，马林强向李凤的父母做出承诺："我是真心爱小凤，我决定娶她为妻。伯父伯母年纪大了，我和小凤结婚后，由我来照顾她一生一世！"

马林强还把自己的打算一五一十地向李凤的父母说了。他要移风易俗，"倒插门"过来做李家的上门女婿，在照顾李凤生活的同时，他要扣大棚种蔬菜，发展养殖业，以此保证有生活来源。

李凤的父亲极为认真地对马林强说："婚姻大事可不是闹着玩儿的，光你想好了不行，必须回家征得你父母的同意，这是一；第二，我这个贫困家庭，不仅没有积蓄，还有四五万元的外债。尤其是，小凤的身体你都看到了，她能活多少年还是个未知数。"

马林强坚定地说："伯父放心吧，我回家一定和父母商量好，父母肯定也会支持我。春节前我把那边的工作辞了，把户口带来，与小凤正式办理结婚登记！"

马林强走了，走得恋恋不舍。

他真的能回来践行他爱的誓言吗？

村里的老少爷们儿七嘴八舌："现在小青年的爱情都变味儿了，哪有不往钱看的？哪有不奔条件使劲儿的？根本没有真爱可言。李凤还那个样儿，等着吧，那小子不会回来的。"

然而，马林强回到老家，把李凤的情况和家庭条件向父母说了，也把自己要与李凤结婚的决定告诉了父母。

马林强的父母说："你是大人了，婚姻大事由你自己决定，后悔别怪我们就行。"

马林强在家安顿一番，带上户口和简单的行囊，还有自己和父母筹集的一万块钱，赶往车站，乘上开往东北的列车。他折腾了六天，终于回来了。

农历正月十六，他抱着李凤，打了一辆出租车去县城的民政局，与李凤正式办理了结婚登记。

## 七

去民政局领证，奔波了一天，往返将近二百公里。像李凤这样的身体状况，回家后需要休息，可是，她一点也没有感到疲倦。

她拿着紫红色的结婚证对马林强说："都领证了，我还是不敢相信这是真的，我不是在做梦吧？"

马林强说："你掐一下自己，看疼不疼，如果疼就不是做梦。"

李凤脸上绽放出灿烂的笑容："你太坏了！"

马林强俯身亲吻她："男人不坏，女人不爱！"

夜晚，弯弯的月亮挂在中天，马林强对李凤说："你就是那月亮，我是陪伴你身边的小星星。"

李凤掐了一下马林强的下巴："你是老公了，当然是月亮，我是你媳妇，只配做小星星，小星星永远陪伴着你这个月亮！"

突然，李凤的手感到湿滑，马林强流泪了。她疑惑地问："你为啥这样？"

望着奶白色的月亮，马林强喃喃地说："回想起来，你太'狠毒'了，去年你换 QQ 号，断绝与我的联系。其实呀，我懂你，你做的一切都是为了不拖累我。"

"这不拖累上了吗，你'翻小肠'，好坏！"李凤脸红红地一撇嘴。

马林强亲吻着李凤，随即把她搂在怀里……

# 老 场 院

回家乡的时候，我特意去村边的老场院转了一转。昔日的老场院不见了，只留有一点痕迹，父老乡亲已经在它的上面盖满了砖瓦房。

老场院是过去农村集体劳动的见证，包产到户后，它逐渐退出了历史的舞台，留下的只有人们脑海中的记忆。

老场院，四四方方的，像古代一座大城池，四周挖有又深又宽的壕沟，以防止牲畜进去祸害粮食。

秋天所有成熟的农作物，收割后都车拉人扛地堆放在里面。

也不知是收成好还是当年劳力"磨洋工"，每年打场都得持续到年根儿。

现在想来应该是后者，因为丰收的喜悦大家不舍得在短时间内享受完，慢慢品味，其乐无穷。

我读小学四年级的时候，学校放寒假，我盼着天黑，眼睛盯着老场院的水银灯像天上的星星闪亮起来。

一旦水银灯亮了，男女劳力就会涌向那里——大型脱谷机开动，大家各就各位，忙忙活活地开始脱谷。

我们一帮半大孩子，经常嚷着帮工的美丽谎言，去老场院的草垛上翻跟头、藏猫猫。更主要的是玩累了，还能跟在劳力屁股后面混上一顿喷香的大米饭。

我去叫西院的招弟儿、后院的小五子，我们聚齐了再一块儿去喊东院的小梅。

小梅在女孩堆里最好看，还会"浪"，没有她简直就像村北的大草甸子里没有花朵一样。

我站在小梅家的院墙外，双手搭成喇叭状，冲屋里喊："小梅，小梅，去场院玩了！"

"嗯哪！"小梅答应一声，人却没有出来。

我猜想，肯定又是把一根竹筷子插进灶坑的热灰里，然后卷烫她前额的几缕刘海儿，因为每次喊她，她都要用土办法打扮一番。

我和小梅总在一块儿玩，大人看到了好开玩笑。

他们问我："小梅给你当媳妇要不要？"

我心里美美的，嘴上却不说，只是傻傻地笑。

小梅的脸羞得红红的，冲着大人直撇嘴。

我们像战争片里的冲锋战士，奔着西门外的场院而去。

场院里机声隆隆，尘土飞扬。男劳力头戴狗皮帽子，身穿着大氅，腰系着草绳，有的往狮子大口似的脱谷机里送稻捆儿，有的传堆儿，有的垛草。

女劳力围着五颜六色的头巾，戴着大白口罩，有的捞稻个子，有的解捆儿。

小梅蹿到她老姑跟前，她老姑傲得连声都没吱。我早就知道她老姑和我老叔好上了，她背后和我老叔在一起，美得大眼睛都要流出甜水来。

我跑到老叔那儿，执意要帮他干点啥。老叔嫌我碍事，冲我喊："一边玩去！"

我不是心思地转身离开，扭头看老叔，发现他的眼睛直瞟那帮女劳力，不舍得瞅我一眼。

大人们常说一个男人"有了媳妇忘了娘"，老叔是有了对象忘了他的大侄儿我了。不想那么多了，我去玩了。

稻草垛堆得像山一样高，站在顶尖儿一伸手仿佛都能摘到天上的星星。

我提议，先玩占山头。

小五子要求和小梅一伙，我反对。因为就俩男生俩女生，如果小五子和小梅一伙，我就要和招弟儿一伙，我嫌招弟儿太笨，打心里不愿意和她一伙。

我和小五子争执起来，没有争执出结果，最后用"石头剪子布"决定。

"石头剪子布！石头剪子布！石头剪子布！"我赢了。

我和小梅一伙，小五子自然和招弟儿一伙。

两伙一齐往草垛的顶尖冲。

我和小梅抢先到达"山峰"，小五子和招弟儿紧追上来。

按照游戏规则，谁第一个冲上"山峰"不算赢，必须把后上来的另一伙推下"山"才算胜利。

我扑向小五子，小五子紧紧抱住我的腰，纠缠在一起滚了下去；招弟儿拽着小梅的棉袄滑了下去。

第二轮开始了，我们气喘吁吁，累得没劲了。我还是第一个占领了"山头"。

我举起双手，像运动员得了冠军那样高兴："我们胜利了!"

一旁的小梅"哎呀"一声，还没等把"小五子从后面上来了"的话说完，脚一踩空，身体向下倾去。我赶忙伸手去拽她，不巧我俩抱成一团，顺着草垛的陡坡往下滚。

小梅脸上散发出的雪花膏味儿，香喷喷的，我像喝了迷魂汤，受到了特别的刺激。

滚到草垛根儿，小梅一看我抱着她，不好意思地用脚踹开我。她划拉划拉身上的草棍儿，一摸兜，发现小镜子没了，于是，一个劲儿吵吵："我小镜子丢了，快帮我找找!"

小镜子可是女孩的最爱，一看小梅急得要哭了，我原路返回，帮她去找。

我扒拉稻草，小五子和招弟儿也赶来帮忙。小五子嘴里嘟囔："女生净事儿，晚上黑咕隆咚的，啥也看不着，带啥小镜子?"

小镜子没找着，打场的夜班饭还没开始。

招弟儿建议，改玩藏猫猫。

我嘴上说重分伙，而心里还是惦记和小梅一伙。

偏巧小五子说："反正我不和小梅一伙，她矫情，事儿多。招弟儿没啥说的。"

我又和小梅一伙，心里老高兴了。小梅表面上显得很不情愿，但我感觉得到，她本意还是愿意与我做搭档的。

我和小梅转过谷垛、豆垛，猫进了另外一个稻草垛，等着小五子和招弟儿前来寻找。

透过网状的草棍儿望着天上的月亮，月亮像一张白白的春饼，不知让啥咬去了一个大豁牙子，稀疏的星星像宝石一样闪烁着光亮。

脱谷机沉闷地"咳嗽"几声就不响了。

我知道，这是谁填多了稻捆儿，把脱谷机噎住了。

整个场院陷入一片寂静。

我对小梅说："咱俩在草垛里等这么半天，小五子他们都没来找，他们指定去生产队饭堂要大米饭嘎巴了。"

小梅说："咱俩再等一等。"

突然传来脚步声，两个大人向我们的藏身之处走来。一来二去，这两个人还躺在了我们脚下的稻草上，我和小梅屏住了呼吸。

"干活时别总用眼睛盯着我，让人看到多不好。"女人的声音。

"怕啥的，咱们的定亲酒他们都喝了。"男人的声音。

"拿出去你的狗爪子，别可哪乱摸。"女人的声音。

"都是对象了，早晚不都是我的地盘吗！"男人的声音。

"没结婚就干这事，耍流氓。"女人的声音。

"我就耍流氓了……"男人的声音。

"你摸疼我了，太坏了！"女人的声音。

我一听，说话这两个人不是别人，是我老叔和小梅她老姑。

我怕老叔做出更大的"砢碜事"，这个"砢碜事"让小梅知道，万一她到处乱说，抹黑我们王家的名声就完了。于是，我一蹿高站起来，直喊："哄啊，你们说啥我都听见了！"

老叔站起身，一看是我在稻草垛上喊，急眼了："看你再乱嚷，把你的屁股踢两半儿。"

打场的夜班饭开了。三个做饭的，一个人挑来两桶大米饭，另一个人挑来两桶炖豆腐，还有一个人挑来碗筷。

干活儿的人呼啦一下摸起碗筷去打饭菜，有嘴快的边打边往嘴扒拉。

我们一帮孩子只有等，等大人打完饭，我们再往饭桶和菜桶跟前凑。

就在这时，老叔走到我跟前，他右手端着一碗大米饭，左手端着一碗豆腐，蹲下对我说："刚才的事儿，不许对外人说！"

我点点头。

老叔听了，满意了，他把大米饭和豆腐都送到我手上："大侄儿就是聪明，吃饱早点回家！"

同样，小梅她老姑给她送来饭菜，没等老姑问她，她先说了："老姑，刚才我啥也没看见。"

她老姑脸一下红到耳根子："我大侄女真乖！"

过了半年的时间，我老叔和小梅她老姑结婚了，我和小梅都去闹了洞房。

# 老屋的天棚

家乡的老屋大致相同，都是连脊的泥草房，可屋里的天棚却大相径庭。

人口少的、条件好的家庭，能请来木匠吊个平平整整的泥棚。

吊泥棚先用小木方钉成一个个四方框，框上密密实实钉上木板条，而后用麻秧子或马粪掺黄土和泥，抹好。等到干透了，刷上白灰就成了。

那时候谁家要是能吊起泥棚，真叫"棚壁生辉"了，全村老少爷们儿都会高看一眼。

条件差一点的糊纸棚。

纸棚用的纸都是投亲靠友要的，或从收破烂的那儿低价买回来的旧报纸。

糊这种棚一般都赶在快过春节的时候，每年一茬，报纸棚不仅营造了一种文化氛围，还满屋飘荡着油墨的馨香。

再次一点的就是黑天棚了。

所谓的黑天棚就是没有棚，抬头望到的是木头房架子和房巴的高粱秸。

时间久了，气熏烟燎，黑咕隆咚的。蜘蛛网粘着一缕一缕黑灰，吃饭的时候都怕黑灰掉在碗里，睡觉的时候担心它粘在脸上。

我家的老屋不是泥棚，也不是黑棚，而是报纸棚。

报纸棚占据我童心的整个天空，就像今天的孩子对网络游戏那么有感情。

我从报纸棚上获得了知识，获得了快乐，至今都受用着。

我认识的第一个字就是从棚上开始的。因为贫困，农村不太重视教育，我九岁了还没有到学校读书。

农村的文化生活更是贫乏，谁家要是有台收音机，算是了不得的事情了。

一天得定点听，邻居家小孩听久了，主人会像撵生产队猪羔子似的把他轰出去。

我枕着妈妈的大腿，目光顺着妈妈手指的方向，瞅着棚上的大字，跟着妈妈念了一遍："鼓足干劲，力争上游，多快好省地建设社会主义！"

妈妈看我念得笨笨磕磕，开始一个字一个字教我："鼓，敲锣打鼓的鼓；足，脚丫子那个足；干，干活儿的干；劲，使劲的劲……"

我不解地问："妈妈，脚鼓了不是肿了吗？肿了还能使劲干活儿吗？"

妈妈耐心地说："鼓不是肿，肿也不是鼓，就是使劲干活儿的意思。"

我刨根问底："那就说使劲干活儿呗，为啥非要鼓足哇？"

"行了行了，净钻牛角尖，你没听到院子里的猪都饿叫了，快挖猪食菜去。"妈妈答不上来，也没了耐心，她一欠身子，把我撇在一边，下地去忙家务了。

我挎上菜筐，不是心思地去找招弟儿和小梅，因为她俩是我家邻居，每次去野外挖猪食菜，我们都一块儿去。

领着小梅和招弟儿刚到村北的大草甸子，我就开始显摆了："谁帮我挖一筐猪食菜，我就教谁认字、写字。"

"认字、写字有啥用？"小梅瘦弱的小体格在旷野里更显单薄了，说话也蝇腔蝇调的。

"啥用！赶明儿个你去学校上学，你不认识字，老师不愿要，要了也不对你好，一天到晚怄不死你！"我用手指在小梅的鼻子上刮了一下。

招弟儿拿我的话当耳旁风。她长得敦敦实实的，别人给她起个外号叫"胖墩儿"。

她歪头冲我说："你不想上俺家听收音机了呗？"

小梅家是黑棚，想学字又想听收音机。招弟儿家是泥棚，拿允许我听收音机要挟我。

结果，小梅得帮我和招弟儿俩人挖猪食菜。这样一来，我成了草甸子的王子，招弟儿成了公主，小梅就成了奴隶。

我跑到草甸子旁边的松树林里，拿出弹弓打麻雀，招弟儿满草甸子采野花。

时间不早了，小梅累得满脸淌汗，刘海儿都粘在了脸上。她挖了满满三筐猪食菜，能不累出汗吗。

真是热爱劳动的好少年！我送给小梅一只折了腿、带红绿色漂亮羽毛的小雀；招弟儿则把用野花编的花环戴在小梅脖子上。

吃过午饭，招弟儿和小梅来到我家，让我兑现教她俩识字、写字的承诺。小梅还拿了一个小铅笔头儿和两页黄烟纸。

我找来一根高粱秸，剥去了外层的软皮儿，光溜溜地攥在手上，之后躺在炕上指着棚上的红色大字："鼓，敲锣打鼓的鼓；足，脚丫子那个足；干，干活儿的干；劲，使劲的劲……"

秋天，地里的庄稼成熟了，为了防止有人偷，需要人看青。爸爸干上了这样的活计。

一个夜晚，爸爸换班回家，带回来一个通亮的手电筒。我把手电筒搂在被窝里，稀罕个没完。

爸爸突发奇想，用手电筒照棚上的报纸，教我认字。

雪亮的光柱在词山字海里移动，我像看电影一样兴致勃勃，全神贯注地跟着爸爸学："工业学大庆，农业学大寨"……

看我学习的劲头足，爸爸向队长要了一个旧手电筒，专门让我认字用。可我家买不起新电池，手电筒没法点亮，我急得抓心挠肝。

我去找队里的电工，向他讨要旧一点的电池。

电工一听我晚上用手电筒识字，非常支持，不仅告诉我电池废旧利用的方法，还给我找了两挎兜旧电池。

我按照电工教的方法去做——用螺丝刀把旧电池后屁股的铁皮儿撬开，在里面的黑炭上扎个小眼，塞进去几粒咸盐，之后放在炕头上烘一烘。这样，装旧电池的手电筒就能喷射出耀眼的光亮。

凭着这神奇的光亮，我在报纸棚上探寻着，开心快乐着。

一段时间后，我和招弟儿还有小梅差不多把棚上稍大一点的字都认全了。

之后，我们脱鞋上炕，齐刷刷站在炕上仰脖辨认着一行行小字。我们个个感觉脖子发麻，眼睛发花。

招弟儿说："累死人了，这样不好玩，再想别的办法。"

想来想去，我们想到了一个新的找字游戏。

比如，我说出棚上一小段话，小梅能在五分钟内找到它的准确位置，这样我就输了，脸上就得让小梅粘张小纸条。

在规定时间内，小梅找不到那段话的准确位置，我就给小梅脸上粘张小纸条。

最后，谁脸上小纸条多，谁就得当奴隶，给没有纸条或纸条少的挖猪食菜。

我们三个又都躺在炕上，望着棚上的报纸做着找字游戏。说词的躺着不用动，找字的手举高粱秸指。

有时，字在棚的边角，找字的需要站起来够着指。站起来躺下，躺下站起来，扑腾腾地还是挺累人。

小梅受手电筒的启发，拿小镜子，借助透过窗玻璃的阳光，反射照字，这下可省事多了。

招弟儿念："破四旧，除四害。"

小梅用小镜子反射光亮，光亮在棚上跳动着，几下就照到了。

那天，招弟儿脸上的纸条最多，我最少。招弟儿得给我挖猪食菜。

不巧小梅的妈病了，小梅不得不回去照看。

招弟儿懒洋洋地拎着筐，与我一起往野外走。她央求我：

"到玩过家家的时候，我给你当媳妇，不给你挖猪食菜行不?"

"你净拿嘴哄人，媳妇也不是真媳妇，是假装的。"我虽然年龄小，可是朦朦胧胧懂得一点当媳妇的事儿。

"假的你不偷着美呀！俺家收音机你随便听，有好吃的我给你分一半，行不行?"招弟儿撇嘴说。

"不干不干，你要给我当真媳妇才行。"我装作认真的样子。

"真媳妇得咋样?"一看我不让步，招弟儿无助地问。

"真媳妇得叫我随便亲。"我暗暗自喜。

"亲可以，绝不能亲嘴，因为你嘴太臭。"招弟儿一副羞涩的表情。

"不让亲嘴，你说亲哪儿?"我投石问路。

"亲脸就便宜你了。"招弟儿瞪了我一眼。

招弟儿说我嘴臭，伤害了我的自尊心，我上前抱紧招弟儿，嘴照着她的大胖脸狠狠啃了一口。

招弟儿"妈呀"一声，手捂着腮帮子蹦出老远，一个劲儿嚷:"不和你玩了，你咬人太疼……"

我们三个玩伴又长大了一些，一起走进了村里的小学校。

因为识字多的原因，康琴老师对我们特别好，我们都当上了班干部。

小梅是班长，我是体育委员，招弟儿是卫生委员……

一晃四十多年过去了，家乡的老屋拆了，盖上了宽敞的砖瓦房。

棚也"与时俱进"了，变成了"扣板棚"。

望着光光亮亮的"扣板棚"，我心里几多感慨，又有几多怀念。

# 炉 果 渣

在那个贫穷的年代，供销社太有诱惑力了。因为每个村只有一家，里面吃的、用的齐全。可是，村民兜里没钱，进去真正买东西的人少，闻味的人多。

供销社恰似摆在村中的一只偌大的香水瓶，飘荡出的醉人味道能满足各种需求的人群。

男人闻到的是酒香味，女人闻到的是雪花膏味，孩子闻到的是糕点和糖果味。

因此，大人向往着它，孩子们更是奔它使劲。

去供销社，我只能牵着妈妈的衣襟跟着。有大人领着，那个戴前进帽的供销社经理就不会撂下脸子，否则，他会恶狠狠地说："小孩不买东西，到外面玩去。"

这还是比较客气的驱赶。赶上他心情不好，会急赤白脸地喊："赶紧给我滚犊子！"

供销社是村里唯一的大砖房，双开大门，大玻璃窗，里面摆放一圈玻璃柜台。

167

把东头的柜里净是好吃的糕点，有炉果、槽子糕、长白糕、光头、牛样子……

紧挨着是木制咸盐箱子、酱油坛子，再往下一趟的柜台里摆放着铅笔、书本、文具。把西头是布匹、鞋帽、棉花等等。

妈妈往往直奔咸盐箱子、酱油坛子那儿去，买几斤咸盐，装一瓶酱油了事。

赶上换季的时候，她会直奔西头的柜台，扯几尺平纹布，或给爸爸买双农田鞋。

糕点的香味丝丝缕缕，像只无形的小手拽着我的鼻子，我的眼睛一门儿朝那儿望，一连气咽了好几口口水。

如果赶上要开学，妈妈会给我买几个本子和几支三分钱的铅笔，橡皮要花二分钱另买。

有带橡皮的彩色铅笔，因为价格偏贵，妈妈舍不得给我买。

临走时，妈妈扛不住我磨叽，很吝啬地给我五分钱钢镚儿，允许我买两块糖球。

我敢肯定地说，自打我记事儿起，我家没特意买过一回糕点。

爷爷生病了。妈妈起早挎一筐鸡蛋，走庄稼地的毛毛道去公社"黑市"交易（当时正"割资本主义尾巴"）。

傍下午，她才拖着虚弱的身子回家，我一看，她的花布衫让汗打个响透。

妈妈甚至没顾上擦一把汗，领我去供销社给爷爷称了一包炉果。

盯着浸油的黄纸包，我急得一会儿冲妈妈挤眉弄眼儿，一会儿不自然地挠挠头皮儿。

半道妈妈很抠门儿地从黄纸包里掏出两小块长方形的炉果。

我把炉果拿在手上，乐得一蹦多高，眨眼就脱离了妈妈的视线，没影了。

我跑到房前的稻草垛，偎个窝坐在里面。之后，稳稳地抓把草蹭蹭手，拿出炉果左看右看舍不得吃。实在馋大劲儿了，一狠心咬了一口——哇！酥酥的，甜甜的，喷喷香。

不料，一块炉果渣掉进了草缝里，我好心疼，怪罪自己咬炉果的时候咋不知道用手接着点下巴？那样，炉果渣就掉到手掌里，绝不会淹没在草棍儿中。

我像大公鸡刨食那样，撅腚扒拉开稻草，仔细找那块炉果渣，可是无论咋找都找不到。

我沮丧地抬起头，忽然发现，面前已经围了好几个玩伴，有东院的小梅，后趟街的招弟儿，还有前趟街的狗剩子。

狗剩子是有名的淘气包，我们在一起玩的时候，他的坏心眼儿最多，还好欺负我。这会儿，他可能看到我手里掐着好吃的，正用羡慕的眼神看着我。

小梅明知故问："你手里拿的那是啥呀？"

招弟儿则往前一步，向我献殷勤："今儿个我就和你玩儿，啊。"

我立刻想起，招弟儿的二叔在城里上班，今年春节前，她二叔回来拿了好多好吃的。她拿几块糖出来，其中就有那种冒凉风的。

那天，我在一旁看得直淌哈喇子，而她却无动于衷。这还不算，她故意把手里的糖举到我眼前晃悠一下，马上又收回了，这不是瞪眼儿馋我吗！

169

狗剩子更不是东西，过年的时候，他偷过我家的馒头。

想来想去，就是小梅够意思，她家的山东亲戚过年邮来一小口袋儿花生。那花生一炒，香了半趟街。等她出来玩时，特意给我抓了半小把。

想到这儿，我抓起小梅的胳膊就跑。我俩拐了几个弯，穿过两道障子，把狗剩子和招弟儿他们甩没影了。

为了安全起见，我和小梅钻进壕沟边的树林里。还没等把气喘匀乎，我就把手里那一整块炉果掰了一半，毫不犹豫地递给了小梅。

小梅胆怯地伸出小手，我把半块炉果往她手心一摁。

她一双毛茸茸的大眼睛流露出惊喜的神情。我说："吃吧，我吃过了，嘎嘎好吃。"

小梅微微张开小嘴，轻轻咬了一小口炉果，突然，她转身就往家的方向跑。

她这一跑，把我跑蒙了，我以为她怕我反悔，怕我要回那半块炉果。

我一瞪眼，冲着她的背影喊："我不会拉屎往回坐的！"

第二天，我见到了小梅，问她："为啥拿到好吃的就跑？是不是怕我给完东西变卦？"

小梅红着脸蛋说："不是，我怕我把持不住，把好东西都吃了。我跑回家，把剩下的炉果分给我小弟吃了。"

我舒了一口气，说："原来是这样啊，你这个当姐姐的，不说了，难怪你妈总夸你懂事。"

这个时候，我想起昨天在草垛吃炉果时，掉下一块渣的事儿，于是，我把这事儿当小梅说了。说的时候我还有意夸大，本

170

来掉的炉果渣有黄豆粒那么大，我却说有小手指盖那么大。

小梅看着我，喃喃地说："你真败家，还不赶紧去找！真让人心疼。"

我和小梅跑到我家草垛那儿，我指认炉果渣掉的大致方位，小梅仔细扒拉稻草，我把她扒拉过的稻草抱到一旁。

一堆儿稻草扒拉完了，湿乎乎的地皮儿都露了出来，然而，那块炉果渣依然不见踪影。

小梅累得满脸是汗，她责怪我："你抱草的时候细心点，那样有可能找到。"

我失去了信心，一扬手："得了，不找了，累死人了。等我长大了，你给我当媳妇，我挣了钱，多买好吃的，让你吃个够。"

小梅一皱鼻子说："你这么败家，谁给你当媳妇，美得你。"

果不其然，等到我和小梅都长大的时候，她做了别人的新娘，原因不是我败家，而是农村的苦日子还没有熬到头。

为了能给弟弟娶上媳妇，小梅与一个有妹妹的男子换了亲。她嫁给那个男子，那个男子的妹妹嫁给了她弟弟。

她出嫁那天，我躲在自家的小北屋，一天没见人，也没流泪，就感觉六神无主，好像脑子短路了——一片空白。

改革开放后，我跟随第一波农民工进城打拼，并且在城里站稳了脚跟儿。

然而，每当回乡下，我总要打听小梅的情况，时间宽裕的时候，也去她家串个门儿。

起初，小梅和丈夫精心耕种自家的三十多亩承包田，没几年，他们又外包了一大片耕地，成了远近闻名的种田大户。

今年回乡下的时候，村里人告诉我，小梅干大了——在村里开了一家大超市，大得超过了以前的供销社。

听到这个消息，我好惊喜，特意去看了看。大超市是一座三层小楼，大玻璃窗，大理石贴面，宽敞、亮堂。

原来，小梅买下了以前的供销社，把它扒了，原址重建的。

超市一楼经营农资；二楼是大小百货；三楼竟然开起了书店，还配有阅览室。

小梅胖了，漂亮了，也更会打扮了，与城里人没啥两样。她把我让到三楼阅览室，还给我倒上一杯茶水："我们这是农村，咋也比不上你们城里。"

我说："拉倒吧，你都成大老板了，还低调呢。"

寒暄一阵，我对小梅说："如果农村改革开放早些年，我一定娶你，咱们应该是一家人！"

想不到，小梅一撇嘴，说："人哪，就是不知足，如果赶不上改革开放，咱们一定还为填饱肚子发愁呢！"

# 月光少年

　　我是一个放牛娃，一本看不懂的书让我走上"歧途"，一次致命的挫折改变了我的命运。

## 一

　　我生长在三江平原一个落后的村庄。因为家里严重贫困，我勉强读完小学，不得不去生产队帮助家里挣工分。

　　岁数小，体格弱，干活不顶硬，纯粹是个"半拉子"。整劳力一天挣十五分，我忙活一天才挣七分半。

　　就是干这"半拉子"活儿，也累得我不像样，一天到晚小身板造得快零碎了。

　　队长与我家有点亲戚关系，他当众人面踢了我一脚："就你这熊样，干啥啥不行，吃啥啥没够，去放牛吧。"

　　表面看是队长"虐待"我，其实，他是在照顾我。之所以踢我一脚，那是有他考虑的，以防止别人说他偏袒亲戚的闲话。

他这一脚，把我从汗珠子掉地摔八瓣的重体力劳动中解脱出来，至今我都感激那个亲戚队长，感激他踢我的那一脚。可惜，当时他只踢了我一脚，如果踢我三脚或五脚，我也许早就成为莫言了。

虽然放牛不用出力，但是也不容易。最难忍受的是草甸子漫天飞舞的大蚊子。尤其是牛待着的地方，蚊子搅成了团"嗡嗡"袭来。牛皮厚抗叮些，我只穿件小背心，哪里招架得了？

我手拿树枝不停地挥舞，驱赶饿虎扑食一般的蚊子，即便如此，也阻挡不住蚊子对我这个"小鲜肉"的"情有独钟"。

蚊子见缝插针，一叮一个包，我身上的包连成片了，那真是旧包没消，新包又起。

连片的红包，刚被蚊子叮的，疼；旧包，刺挠。

我想出一个好办法，跳进小水沟里，蹲在里面只露个小脑袋。蚊子怕水，叮不着我身体了，只能在头部和脸部嗡嗡转悠。因为保护面积小了，我的手也能驱赶过来了。

突然，小腿肚子像被猫爪子挠了一下，刹那间，疼得钻心。

我跳出水面，低头一看，有三只蚂蟥叮在我的腿上。蚂蟥是水里的"吸血鬼"，吸在人体上紧紧的，手别想抠掉，除掉它的唯一办法就是用火烤它的屁股。

我找不到火，吓哭了。情急之下，一口气跑回村子……

我骑在牛背上，仰天长叹：农村青年的理想在哪里？出路在何方？我不能就这么放牛，在农村受苦遭罪一辈子！

看到村里俩木匠干轻活，我羡慕死了。

那时候的木匠不是一般的牛，去谁家打家具，一天不仅能挣五块现钱，雇主还给做好吃的，并且烫上一壶烧酒。

别人顶着烈日去田里除草，木匠则躲在阴凉处，耳朵夹一根儿烟卷，慢悠悠地推刨子。刨子吐出的木云卷哧哧飞，木匠口中哼着小曲咿咿呀呀。

我决定学木匠，为自己将来有个出路。学木匠必须有师傅教，这个理儿我懂。

村里有俩木匠，俩木匠档次不一样。一个姓孙，岁数大，没啥文化，自悟的手艺，给人打个炕柜、地桌什么的，老样式，收的人工费也低。

姓刘的木匠岁数小，他高中毕业，是看书学的木匠。他打的各种家具样式新，因此收费也高。

孙木匠一天挣四块钱，刘木匠就能挣五块钱。还有一点更让人眼馋，因为刘木匠年轻、有钱，主动往他跟前凑的人可多了，其中有不老少小姑娘和小媳妇。

二

我认准了跟着刘木匠学手艺。怕刘木匠架子大，拒绝收我这个徒弟，我转着磨磨想溜须的办法。

刘木匠特别爱抽烟，而且抽的全是好烟。我偷了妈妈一块钱，买了四盒"葡萄"香烟。"葡萄"香烟在当时算是高档烟了，两毛四一盒。

一般人都抽一毛五一盒的"握手"，只有村干部或者村里的牛人能享受起"葡萄"烟。

我揣着香烟，战战兢兢推开了刘木匠的家门。刘木匠许是刚喝完酒，小脸红扑扑的，叼着烟卷，跷着二郎腿正在听收音机。

农村还没有电视，能买得起收音机的人也没几个。

我记得一台收音机二十多块钱。一个棒劳力干一年活儿，到秋天不仅拿不到钱，一算账还欠队里的，原因是庄稼歉收了，吃返销粮。

没办法，队长去银行贷款，银行领导开恩，每个劳动力才能借资五块钱。

我壮着胆对刘木匠说："我想拜你为师，学木匠。"

刘木匠斜视我一眼，吐出个烟圈说："行吗？"

我赶忙拿出那四盒好烟递上："我能行，我挣钱了，一辈子都不忘你！"

刘木匠瞅了一眼烟说："你小子聪明、懂事，我先答应你，但是，你一点基础没有，必须看书，有点理论基础，我好教。"

我像大公鸡啄地上碎米一样，连连点头。

刘木匠拿起一盒烟，掂了掂："想着点这个就行。"

我不假思索："必须的。"

回到家，我从仓房里偷出了二十多斤小米，临时藏在了草垛里。

第二天起早，我背上小米，走了二十多里地，坐轮渡过了松花江，来到佳木斯市。

因为正开展"割资本主义尾巴"运动，政府部门不让农户卖农副产品，如果谁卖了被抓住，没收东西不说，还容易被当作典型批斗。

我没敢去市场，而是溜进了居民区，低价把小米卖了，卖了两块多钱。

手里攥着钱，我激动的心情无法形容。在我的想象中，有了钱，我就能买得起书了，买得起书我就能当上吃香喝辣的木匠了，我的人生就光明灿烂了！

新华书店比较热闹，书也多。我来到书架旁，急不可待地找开了。

翻了一本嫌薄，再翻一本还嫌不够厚，最后选了一本厚厚的《木工大全》，一看价格一块三毛钱，我毫不犹豫地买下了。

在回家的路上，我看云，云都好像冲我笑；看水，水仿佛都在向我招手。那心情老好了，走起路来轻飘飘的，像一阵风似的就回到了家。

我洗了一遍手，像模像样趴在炕上进入阅读状态。看着看着，我傻眼了。木工书里净是几何运算，几何运算都是有公式的，这种公式只有上初中才能学到，我只有小学的底子，根本没接触过，完全看不懂。

怎么办？家里的粮食本来就不够吃，妈妈要是知道我竟然偷卖小米买了一本看不懂的书，非得把我打蒙不可。

我去问刘木匠咋整。

刘木匠一拍脑门："你没上初中这茬我忘了，那还想啥呀，当务之急赶紧把书退回去，要不一块多钱不等于打水漂了吗！"

我返回佳木斯市新华书店，当着中年女售货员说明了情况。中年女售货员说："孩子，书是特殊商品，看好了买，从来都不给退的。你看看，售出的书后面都盖章了，标记得清清楚楚。"

我一听，眼泪下来了。我对中年女售货员说了家里的困难情况，希望她开开恩，照顾一下。中年女售货员无奈地说："能帮你我能不帮吗？制度就是制度。"

我脑袋一片空白，中年女售货员看我要崩溃的样子，动了恻隐之心。

她想了一个变通办法。她说，《木工大全》肯定是退不了了，但是，可以调换。

我按照女售货员说的去做了，把《木工大全》放到她个人手里，由她想办法处理，或卖给熟人，或抵库存，我就不得而知了。

而后我去书架挑选与《木工大全》等价的书，一共挑了三本，基本等同于《木工大全》的价格。所挑的书都是能看懂的，有一本画刊，一本《牡丹》文学期刊，还有一本故事书——《乡土作家》。

## 三

《乡土作家》写的大部分是反映农村生活的文学作品，还有乡土作家成长故事。当我看到高玉宝的故事时，眼前一亮，像打了鸡血一样异常兴奋。

高玉宝因为家里穷，只读了几天私塾，基本不识字。他参军之后，开始写作，后来入选语文课本里的《半夜鸡叫》就是他那时候写的。

高玉宝不会写字，他想出个用符号代替的办法。比如，"地主"俩字他不会写，他就画一个带小揪儿的帽子；"公鸡"不会写，他就画一个鸡冠子；"喊"不会写，他就画一张嘴。

过后，他再请教识字多的战友，把画改成字。有一次，他竟然拦住骑马的军长，差点没让警卫员开枪打死，而他的目的就是问军长几个不会写的字……

我顿悟：没文化可以当作家呀！高玉宝基本属于文盲那伙

的，与他比，我算是个半文盲，他文盲能当作家，我半文盲凭啥不能当？

我又仔细想了想，当作家基本没有啥成本，只需要一支笔和一沓纸。不像当木匠，还需要投资买锯、买刨子、买墨盒等等。

作家门槛低，而且稿费还比较诱人，真是穷苦人赚钱的好项目。

这时我想起了我的小学语文老师潘承谦。

潘老师是位文学爱好者，上学时，每到周末他都上作文课，作文课上，他鼓励学生好好练习写作，将来当作家。

我认为，只有读书多了才有可能当作家。我预感到我不可能读到初中、高中，也没敢想当作家的事儿。

为了完成作业，作文是写了，可是写得稀里糊涂，与班里几个学习好的同学相比，我写的作文简直就是一摊儿狗屎。

受高玉宝故事的影响，我向潘老师表达了当作家的决心。也许世界上所有的老师都不愿打消学生的学习积极性，潘老师给我很大鼓励。

他说，世上无难事，只怕有心人；还说，不懂的地方可以随时向他请教。

我把从新华书店换回来的书看完了，没有书看了，就去潘老师家借。他一看我真下功夫读书了，开始认真给我讲文学作品，讲他所了解的作家故事，并且借给我很多珍贵的书。

我记得有柳青的《创业史》、赵树理的《小二黑结婚》、周立波的《暴风骤雨》等等。

农村晚上总好停电，我点煤油灯看书，小半宿儿下来两个鼻孔让油烟熏得黑乎乎的。赶上有月亮的时候，我就趴在窗台上借着月光看一阵子，写一阵子。这样既省煤油又不影响家人睡觉。

我对月亮有着特殊的感情，我仰脖望着它，好久好久。有时满月，白白的，圆圆的，像妈妈烙的春饼，看着都解馋；有时，它月牙弯弯，我真想飞上去，坐在上面打悠悠。

更多的时候，我望着它是感恩，感恩它馈赠给我洁白的月光，我享用着美丽的月光，认真看书、写作，以这样的努力去实现我的人生梦想。

东山嘴刚有一抹白色，生产队出工的钟声就恼人地"当当"响个没完。其他劳力下地干活儿了，我则赶着牛群跟在他们后面。

去放牛的时候，我也不忘揣上一本书。我揣书绝对不是摆样子，而是真的抽空翻看。我在地头的草甸子放牛，牛犊子不老实，到处乱跑。我追来追去，追到了，往一块儿拢。

好不容易休息一会儿，我悄悄钻到树底下看书。其他劳力歇气的时候，围坐在一起，有的摔大小王（打扑克），有的唠闲嗑。

唠闲嗑的唠着唠着就牵扯到我。他们你一言我一语，尖酸刻薄地说我："看到没？放牛的看书呢。猪鼻子插葱知道不？那叫装象；家雀下鸡蛋——硬撑屁眼儿大……"

我听了这些风凉话很生气，气得心都哆嗦。时间长了，我的脸皮也厚了，把他们说的风凉话全当耳旁风。

我想好了，我书念得少，家里又特穷，干不了别的，非当作家不可。

当作家的前提是要多看书，多练习写东西。俗话说，初生牛犊不怕虎，我把写小说、写散文看得过于简单了。

我绞尽脑汁把农村发生的事儿编一编，连一连，再经过几遍修改就寄走了。还专门往大报大刊投，如《人民文学》《十月》《人民日报》《钟山》等。

等到这些大报大刊退稿了，我再把退稿装进新的信封里往档次低一点的报刊投，做梦都想自己写的东西变成铅字，一夜成名。

买书、买稿纸、买邮票、买信封、买墨水，虽说这些用不了多少钱，但对于我家来说就算沉重负担了。

有人用"揭不开锅"形容穷，而我家连一口完好的锅都没有，用的是一口掉一块碴儿的残锅。

做饭的时候，锅的残缺处呼呼往出蹿火苗，不得已，要用一块抹布浸水临时塞上。

当初，我还能从妈妈腰包里抠出几个准备买油盐酱醋的钱，后来妈妈看我费了不少心血，耽误了不少活儿，一点收效都没有，对我不抱有希望了。因此，不但不给分文，还常常唠叨个没完："你这个败家玩意，高中生、大学生有的是，你念两天半书不白扯吗？不知天高地厚的，臭嘚瑟啥呀！"

我说："我有理想，将来当作家。"

妈妈用手指头使劲戳我的脑门："儿呀，理想是啥你知道吗？妈今天告诉你，理想就是白日做梦，知道了吧！"

我好委屈，一下哭出了声："我是男人，我就这么一点理想了，不去做还能咋整？"

一看我哭了，妈妈也蹲在地上，双手捂住脸哭了："你托生这样的穷家，还有啥理想啊？能吃上饭，饿不死，就算是烧高香了……"

我下定决心，要继续走下去，将来即便不成功，能够收获

"此路不通"的经验，给和我一样怀揣文学梦想的人一个借鉴，也值了。

我养了一条大黄狗，实在没钱买稿纸了，一狠心把它卖了。卖狗的揪心场面，今天仍历历在目。来买狗的是两个朝鲜族人，他们买狗的目的就是喝狗肉汤。

讨价还价之后，来人给到十八块钱。我默认了，接过几张纸币。

狗不好控制，买狗人教我逮狗的技法："把麻袋放在地上，狗主人撑开袋嘴儿，往里投块大饼子，狗一钻，袋嘴儿一收，完事大吉。"

常言道：狗通人气。我想那是它与人相伴时间久的缘故。

大黄狗好像知道了我的心思，它一反常态静静站着。我从它那疑惑的目光里看到了质问，又看到了怨恨。

这时，东院一头老母猪从我家的泥墙豁挤过来，寻找吃的。

狗仍忠于职守地冲上去，前爪搭在猪的"后鞴"，利齿啃咬着直拧劲儿的猪尾巴。把猪撵跑，狗又回到原处，还是那样望着我。

我这才发现，狗的眼仁是晶莹的棕黄色，并能映出我的模样：小细脖支着个大脑袋。

我自问：能把理想坚持到底，对得起这一条鲜活的性命吗？

那天，大黄狗没有马上进麻袋里叼那块大饼子，而是缓缓走进去的，并转回头一直看着我。直到我亲手把麻袋嘴儿扎紧，它才发出撕心裂肺的叫声……

我心碎了，跑到村东的大沙坑里，痛哭一场。

从 1979 年到 1981 年，两年多的时间，我写了八十多篇小说、散文，每篇我又修改、抄写了七八遍，加起来足足能装满一面袋子。

我满怀希望投给报刊的文学作品无一"存活"，有的石沉大海，有的寄回了退稿信。

退稿信是铅印的，内容几乎千篇一律，现在我都能背下来，基本上是这样一些文字：您的来稿收到了，已阅不拟刊用，感谢您的支持……

要说一点收获没有也是不对的，报刊退稿的大信封厚厚的，十分显眼。尤其是铅印着×××报社或者×××杂志的大名，这些包含厚重文化的名字既庄重又气派，可以说是明晃晃、光亮亮的。

不少人误认为我与这些报刊有联系，或作品已经发表了，为此，他们在某种程度上对我也高看一眼。我急切盼着报刊给我来信，最好信里夹着样刊样报。

然而，我每次接到报刊的来信，用手一摸就确定是退稿。

失望的同时，也不忘装——把退稿信故意在村办公室的信篓里多放一会儿，好让更多人知道报刊又与我往来了。

四

公社（现在叫乡）举办新闻写作培训班，一个村只给一个名额，我们村的支书胡有权派我去了。

胡支书说，全村谁有文化？顶属老王家钢蛋（我小名）。读初中、高中的那么多，也没看谁写半篇字，钢蛋念了两天半书，却写了一面袋子！这回就让他去。

培训班上，地区报社、电台和县广播电视事业局的编辑、记者讲新闻写作知识和宣传报道要点，老通讯员介绍写稿经验。

仔细听后，我开阔了视野。此时我才知道，除小说、散文等文学作品之外，还有什么消息、通讯可以写。消息和通讯属于新闻稿，新闻稿件一旦被媒体刊播，也给稿费。

我的天哪！写文学作品真让我感到心力交瘁，艰苦攀登连成功的边儿都没沾着。我暂时放弃了写文学作品，投入到写短小的新闻稿上。

1981年冬天，一场罕见的大雪覆盖了村庄、田野。农户烧柴出现了困难，村里干部去银行贷款，为农户买煤。

针对这件事，我写了一篇四百多字的新闻稿。稿件的题目至今还记得——《万庆村化解了能源危机》。

稿件投给了地区报社。我焦急地等啊，等到第七天的时候，邮递员来了。因为之前我多次问过他，有没有我的信，每次邮递员都摇摇头，我则沮丧地转身走了。

这次见到邮递员，还没等我开口，他就冲我喊："傻小子，这回有你信了！"

我急不可待地接过信，一摸，心狂跳不止，我知道有喜事了。因为信封上印着地区报社的大名，而且信封鼓鼓的。

我猜测到，我的新闻稿发表了，信封里有样报。如果是退稿，绝对没有这么厚实，因为我写的稿只有两张纸。

我屏住呼吸，拆开了信封，果真是一份地区报，油墨的馨香仿佛把我带入了仙境。

我小心翼翼翻开报纸，从一版找到二版，又从二版找到三版，一直翻到第四版也没找到我写的那篇稿。

我不死心，开始仔细查找，终于在第二版中间的地方看到了我的名字——王智君！

开始没找到，是因为编辑把我的稿子改了题目，改成《雪中送炭农户心暖》了，再看一下内容，编辑基本上是重新写的。

我有点失落，认识到自己的写作水平不是一般的次，而是相当不过关。

不想那么多了，稿子发了是硬道理。我拿着报纸开始显摆了，去了村支书那里，去了村会计那里，所有的亲戚家也转了一圈。

以前那些怀疑的目光被敬佩的眼神取代了，我感到我是世界上最幸福的人。

又过了几天，地区报社给我寄来了一张汇款单，汇款单上印着大写的"贰元"字样。我拿着绿色的汇款单，心潮澎湃，我能卖字了！这是多么意想不到的事情啊！我把汇款单贴在嘴上，狠狠地亲了一口。

我借了一辆自行车，冒着漫天大雪去邮电所取稿费。到了地方，还没等工作人员问我办啥业务，我抢先说："我来取稿费，稿子发表了，是我写的！"

工作人员没有笑话我的臭美，反倒很吃惊："你这么点岁数就能写稿挣钱？"

我自豪地说："以后我还要当记者、当作家呢！"

两块钱稿费，我没给妈妈，而是自作主张，给弟弟妹妹买了两件小背心。因为，他们自从出生，夏天还没穿过背心呢，总是光着身子，让人笑话死了。

穿的买了，我想到吃的，去公社食堂买了几根麻花。麻花这东西我还没吃过，以前看到村干部家的孩子吃，馋得我哈喇子淌个没完。

我静下心来，拿着发表的稿子仔细想了想，写稿应该有事说事，不能往大了联系，农户没烧柴了，怎么能扯到能源危机？文字表达太不准确了。

还有，我写了一面袋子文学作品，一篇也没成功，发表的处女作竟然是一篇新闻稿。

看来，我的出路在于写新闻稿上。我们村是个大村，共有十一个生产队。公社团委书记侯小平下乡了解一些我的情况。他认为，我写的稿既然都能在地区报上发表了，一定有"两把刷子"（有水平）。他和村支书胡有权一合计，让我担任村团总支书记，以便让我有更多的时间写稿。

这样一来，我就由放牛娃变成了半脱产的村干部。从写春耕、夏锄、秋收、打场送粮，到写好儿媳、好邻里、好少年等，我不闲着，稿件不断在地区和省级媒体刊播。

其中长篇通讯《有我们地就能种上》《迎新粮盖新房》上了省报重要版面。

县委宣传部通讯组组长徐建修坐了一百里地的火车，下车又步行三里地专程到我家看我。当他第一次见到我时，很惊讶，他说："从稿件质量上看，我判断你最低也得有四十岁，没想到你只有十八岁。"

1982年末，我被评为全县优秀通讯员，并获特等奖，成为十里八村的"小能人"。此后，我写稿用的纸、笔、信封、邮票等，全部由县委宣传部赠送。

可我万万没想到，黑暗的日子正渐渐逼近我。

# 五

1983 年 11 月中旬，我与一帮劳力在场院打场。我虽然算是半脱产村干部，也要参加生产队的劳动。

在打场的时候，我看到大烟鬼刘山倚在像小山一样的稻垛上抽烟。队长发现了，责问他："你不怕弄着火？弄着火，你就要进监狱，你进监狱谁养活你家老婆孩儿？"

我一下来了灵感，中午收工的时候，我写了一篇新闻稿《粮食上场防火当先》。稿件的内容是建议加强场院管理，杜绝发生火灾。

稿子写完，看了一遍，觉得不生动，不形象，没有说服力，就又从头到尾改写了一遍，加了些新内容，依然觉得不理想。

为了引起重视，我编了一个着火事件，稿件最后变成如下的内容：1983 年 11 月 16 日，我们这里的场院因一劳力倚稻垛吸烟发生大火，烧毁一垛水稻，损失了两千多块钱。

这回编得满意了，我把稿件投给了地区报社。

过了十天时间，也就是 1983 年 11 月 26 日，我的这篇改变我人生的小稿在地区报二版见报了，编辑还配发了一个警钟的插图。

没过几天，一辆警车开到我们村，车上下来两名公安人员，他们经过一番打听，直奔我家低矮的草房。很快，我家房前就围了一群看热闹的大人和小孩。

两名公安人员进了屋，自我介绍说是县公安局防火科的。他们确认我就是那个写稿的，说："把你写场院失火烧毁粮食的事儿说一说。"

我头嗡的一下，眼前一片漆黑，感觉天塌下来了。心想：完了，全完了。什么理想呀、前途呀、人格呀……一切的一切好像都随我一起葬身于十八层地狱。

纸里包不住火，我如实交代，这是我"编"的一篇新闻稿。尽管这样，我还是挖空心思地寻找一些不成立的理由，遮掩我已无地自容的脸面。

因为，我在新闻写作培训班上听老师讲过，新闻稿不能失实。我之所以敢"编"，是因为认为是一篇小稿，发表了也不会有人太在意，目的是蒙混过关，挣点稿费而已。

面对公安人员，我不能说出真实的动机呀，只有尽力为自己开脱："我的本意是告诫人们粮食上场，要注意防火。"

公安人员说："你写这些年稿，新闻稿不许失实你不知道吗?"

我继续狡辩："我一直写小说了，后来才写新闻，前一阵子活儿重，我累蒙了，一下写串了，只想写，没注意是新闻还是文学。"

公安人员严厉地说："你不用狡辩，是不是名利思想在作怪?你清醒认识一下这篇稿子的严重性吧。因为这篇东西，咱们县连续五年防火安全先进县被地区取消了，十万元奖金没影了，引起了县委领导的高度重视。"

我被宣布拘留十五天。我从驶向村外的警车后玻璃看到，妈妈手捂着头栽倒在人群里，我的眼泪止不住流了下来。

在县公安局的审讯室里，公安人员给我拿来纸笔，让我写一份深刻的悔过书。我写了一遍，他们看了认为不深刻，又让我重写。

最终，我写了因为名利思想严重的内容，他们这才给予通过，随后，把我推进一个门带小铁窗的屋子里。

我再三求公安人员帮我转告县委宣传部的徐建修老师，我对不起他的培养。

我被拘留的当天下午四点多钟，公安人员把我带回办公室。我一眼看到徐建修老师在椅子上坐着，眼泪抑制不住，唰地一下涌出。

徐老师起身，我一下扑到他怀里，哇哇地哭了。

徐老师拍着我单薄的肩膀，嘴里一个劲儿说："岁数小，没事没事，知错就改嘛！"

徐老师以县委宣传部的名义向公安人员全面介绍我的情况。

他表扬我是一名有志农村青年，家里贫困，借月亮光写稿，在省里、市里的报刊上发表了很多高质量、有影响的稿件。

最后徐老师说："他还是小孩，以批评教育为主。再说，他一天又干活儿又写稿，肯定是累迷糊了，把新闻当小说写了。"

我知道徐老师在为我找借口，以减轻我的罪过。徐老师建议公安人员对我进行批评教育后，让他领走。

公安人员表示，县委主管领导任副书记过问了此事，他们让徐老师到县委找任副书记说情。

徐老师安慰我一下，转身走了。过后我才知道，我在上级新闻媒体刊发的稿件，宣传部都有登记，并存了样报样刊。

徐老师把有我稿子的样报样刊找了一大摞，专门向县委任副书记做了汇报，汇报的言辞比他在公安局说得更加动情。

任副书记听完，不但气消了，还表态说，想不到现在竟然有借着月光写稿的青年！有志气，是棵好苗子，小毛病，多帮助教育，小孩嘛。

傍天黑时，徐老师领我走出了县公安局大门。

我吸了几大口凉凉爽爽的空气，望一眼天空，天上已有几颗星星在闪闪亮亮，我顿觉自由的珍贵，天地间是那么宽、那么大。

县城里我举目无亲，徐老师把我带到他家。他爱人炒了两盘菜，做了热汤面，还打了荷包蛋，让我吃好吃饱。

一家人还安慰我振作起来，重新开始写稿人生。

我在徐老师家住了一夜。双眼望着天棚，我一点睡意也没有，想了很多很多。想得最多的是，闯了这么大的祸，今生肯定完犊子了，别人不论咋劝，都是在安慰而已。

第二天，我往家返。临坐车前，徐老师千叮咛万嘱咐："不要放弃写稿，一定要吸取教训，坚持到底。"

回家之后，我见人抬不起头，四周传来讥笑我的声音。就连放猪的于二丫，也傻乎乎地冲我直撇嘴。


# 六


同情弱者是人类的一种美德。徐老师给我写信，让我放下包袱，写出好稿。他还让县广播电视事业局的张志刚编辑给我写信，同样给我鼓励。地区报社几位编辑不仅没有怪罪我，还继续向我约稿。

别说这些，那时候就是村里用衣袖抹大鼻涕的小孩冲我一笑，或与我打个招呼，我都会深深地谢谢他，记住他的恩德。

在多位老师的关心、鼓励下，我振作起来，重新踏上奔向理想的道路……

1984 年 4 月 15 日，全地区要选派一名年轻并有培养前途的通讯员，去省城哈尔滨太阳岛参加《中国青年报》在那里举办的新闻写作培训班。

我非常幸运，被地区报社和县委宣传部一致推荐，获得了半个月的学习机会，这与我写的那篇糟糕的稿件不无关系。

俗话说，好事不出门，坏事传千里。我辛辛苦苦写了一大批好稿，别人不太留心，写了一篇糟糕的稿件竟然声名远扬，全村、全公社、全县乃至全地区的无数双眼睛关注起我。大家还纷纷打听："这是一个啥样的人？多大岁数？写过多少稿？"

大多数的答案都是从县委宣传部徐老师那里获得的，因为他说话最有权威性。

徐老师说了我很多好话，一再强调，这孩子好稿写得多，仅写过这么一个有毛病的。

关注我的人同情我、理解我，甚至成了我的力挺者。

成绩越大，毛病就显得微不足道了，工作干得多了不可能不出一点毛病。不干工作啥毛病都没有，这成了大多数人的共识。

我没想到的是，一篇糟糕的稿子，先是把我折磨够呛，到后来又把我好顿"炒作"。

美丽的太阳岛上，阳光明媚，松花江波光粼粼。

十五名学员数我年龄最小，还是唯一一个农民。当老师们得知我在农村困苦的条件下，借着月亮光写稿时，都非常感动。

时任《中国青年报》驻黑龙江省记者站站长雷收麦耐心教我采访和写作技巧；时任团省委副书记王悦华讲青年人如何在逆境中树立远大理想；时任《哈尔滨日报》副总编辑的贾宏图讲从一

名知青成为报人的经历。

通过学习，我不仅吸收了新闻知识，而且还得到一个"《中国青年报》通讯员证"，这给我以后的采访带来了极大的方便。

我没有辜负老师们对我的厚望，回到家乡写出了很多被老师们称道的优秀新闻稿件，产生了良好的社会影响。

我的文学作品也喜获丰收，其中一篇散文真的刊登在《人民日报》的《大地副刊》上了。

1984年11月26日，经县委宣传部徐建修老师和县广播电视事业局沈吉老师的力荐，县人事局和县委组织部考核，县委任副书记"拍板"，我被破格选拔到县广播电视事业局工作，成为一名专业记者，并拥有了干部编制。那年我二十岁。

走进宽敞明亮的县广播电视事业局办公大楼，我感慨万千，心情久久不能平静。

夜晚，我独自登上办公大楼的顶层平台，特意去看我的月亮。今天的月亮真漂亮，圆圆的、亮亮的。月亮周围拥着三圈光环，最里圈是绿色的，中间圈是粉色的，外圈是紫色的。光环像月亮的笑纹，荡漾着瑰丽的色彩，祝贺我的成功。

我凝望着月亮，心里发出最诚挚的问候和谢意："你好月亮，谢谢月亮，是你陪伴我一路走来，是你的银光照亮了我前行的道路，有你真好！"

忽然，我想到了我家那口掉碴儿的残锅，想到了蹲在地上捂脸哭的妈妈，想到了发出撕心裂肺叫声的大黄狗……

情不自禁，我已经泪流满面，再次举目天上的月亮，默默发出誓言——我一定会好好干，不辜负家乡父老的期望！

小 小 说

# 三个夜行人

鸡没打鸣，天没放亮，老向就蔫儿悄地揭开身上崭新的棉被，披上棉袄，摸黑穿袜子。

他怕碰醒为队里搓麻绳熬了大半夜的老伴。老伴还是醒了。

老伴用长烟袋杆挑开窗帘，呀，外面黑咕隆咚，就问老向："干啥起这么大早？"

老向穿上棉裤，一边系鞋带一边说："今儿个四挂胶皮大车都出远门儿，我得早点去给牲口加点料。喂得饱饱的能扛住劲儿。"

"有更倌喂马，用得着你操这份心？"老伴一撇嘴。

"更倌昨黑儿小孩子病了，保不准睡过头。"老向嘟囔一句，出得门来。

他借着星星的光亮，影影绰绰地辨着道。刚拐过院墙，见前边有个人影，他紧走几步，上前一看，是邻居刘景会。

"咋，星星还眨巴眼儿你就起来溜达？"刘景会听到脚步声，扭头一看是老向，主动搭话。

老向嘿嘿一笑："到队上转悠转悠。"

"我知道，是那床新被把你烧的。"刘景会笑着说。

老向接过话头："今年遭灾减产，眼看换不上棉袄棉裤。咱正着急，大队干部就领人送来了，说是城里各单位职工支援来的。"

"不光是职工，我这双鞋就是军用大头鞋，里面雪白的毛。哎，老向大哥，你得点儿应该呀，我可是一直心不落体。我跟大队干部吵过多少回架，好东西还能摊到我头上？谁想人家一碗水端平，硬是按实际情况给咱分了过冬的东西，弄得我一宿没睡好觉，心里总过意不去。"刘景会有些迫不及待，打开了话匣子。

"你也别太往心里去。"老向劝慰，"你没听上级强调吗，要把党的温暖、城里工人兄弟的友爱送到受灾群众的心坎上！"

"咱这实心眼的庄稼人就受不了人家关心，人家一关心，这心就过意不去。这不，昨天，刘成那挂车的套绳断了，我琢磨去叉上（接），一来给队里省两个钱儿，二来省得误了活计。"刘景会越说越激动。

"是呀！是呀！"老向深有同感，"是得多给公家出点力。"

两个老头儿走着、唠着，前面岔道上又出现一个人，走近一看，是老孙头。

这老头儿白天总在家养病，晚上出来干啥？

还是刘景会心眼儿来得快，问他："昨晚儿铺上那领新炕席折腾得睡不着觉了吧？"

老孙头不好意思，笑了，说："我今儿个起早，将功补过！"

"你有什么过？"老向、刘景会都愣了。

"嗨！今年夏天，我不是干活时叫马踢了吗？其实十来天就好利索了。可我寻思，队里遭了灾，挣的工分也不值一张抽烟纸，不如趁机会在家养病，也捞个清闲自在。"

说到这儿，老孙头叹了口气："你们知道，我家人口多，吃的常接续不上，烧的还总断流。这一受灾，更没指望啦。谁想昨天李队长领人给我送来一车烧柴，接着，公社干部又送来两袋白面，还有新被、新炕席……嗨！我能躺得住吗？干脆，起来吧，到队里干点杂碎活，将功补过，心里也舒坦一些。"

"是呀！"老向、刘景会点头应和着。

三个夜行人，顶着星星奔生产队走去。

# 老　姑

　　老姑长得可漂亮了，乡里乡亲都叫她"村花"。

　　她头发又黑又长，如果精心鼓弄一下保准更美丽动人，可她脑后总是戳两条粗硬的辫子。

　　衣着打扮，通常情况下是这样：民兵训练时，一套绿军装——飒爽英姿；干活时，一套洗得有些发白的蓝色工作服，显得干干净净。

　　其实她箱子底儿还有一件白的确良上衣和一条粉裙子，她一般情况下是不穿的。

　　一次，她住的小北屋挂上了门帘，我好奇地掀起门帘一角往里看，当时我脸都臊红了——真丢人，老姑正穿着白上衣和粉裙子，用小镜儿前后左右照个没完，尤其那白上衣还是透明的，像两只牛眼圈的胸罩让人看得清清楚楚。

　　我一伸舌头，缩脖躲开了。这要是让老姑发现我偷看她穿衣服，非把我的屁股蛋儿掐青不可。

　　老姑打扮也是有原因的，前几天城里一家大纺织厂招工，村里推荐了十二个姑娘，人家只选中了两个，其中就有老姑。

马上要进城了，她心情能不好吗？她一心情好，就爱打扮。

园田地里的苞米吐出了红缨，碧绿的油豆角结得密密实实。趁星期天不上课，我帮老姑摘豆角，摘完去县城卖。

县城里人很多，老姑一只手牵着我，另一只手把着肩上装满豆角的麻袋。在一个理发部门前，她突然停住了。透过宽大的玻璃窗，只见几个女人正在烫发，弯卷的刘海儿，披肩的大波浪，一头烫发就是草丛中一朵美丽的花。

老姑一直拉着我的手，渐渐地越拉越紧，她的手心微微冒着汗。

我仰起头看她，她的双眼直勾勾地盯着理发匠在卷发的手，胸脯激动地起伏着。

老姑回过神："快走，帮老姑卖菜，卖完等老姑啊！"

卖菜的时候，老姑像丢了魂，有时卖贱了，有时还找错了钱。

当坐在理发匠跟前的时候，老姑面孔绷得紧紧的，又凝重又认真，眼睛定定地注视前方，那种无惧的勇气将一切世俗抛在一边。

一个多小时后，我的眼睛迷茫在一片浓黑而挑逗的发髻中，老姑和来的时候大不一样了。

不知是怕头发落灰还是担心村里人冷不丁接受不了，老姑一狠心买了一条花围巾。

回家的时候，太阳已经快落山了，老姑的脚步轻盈，身体像一团云在前面飘，我紧迈碎步在后面追赶。

当晚，老姑写了张小纸条塞进我手里，她让我把纸条送给在村小学校住宿的小张老师。

我知道老姑和小张老师好上了，可老姑不让我对任何人说。

上次我曾替老姑给小张老师送过一次纸条，小张老师接到纸条神采飞扬，还奖励我一支漂亮的两用油笔。

这回送完纸条，老姑领我向东南角沙坑走，用现在的话说，让我当"灯泡"。

小张老师早就等在那里了。

老姑给了我一小把糖球，俯下身子告诉我："去一边玩，等老姑啊！"

我一边走，一边低头捡小石子玩。趁低头的时候，两只眼睛从裤裆空儿偷看俩大人的秘密。

见到小张老师，老姑娇声娇气："我美吗?"

小张老师瞅一眼，故意气老姑的样子："好像个妖精。"

老姑伸手揪住小张老师的耳朵："你的嘴太脏，我给你清洁清洁！"

老姑和小张老师好像打架了，俩人拥着，抱着，还在草地上翻滚起来……

我心里明白，他们的打架是不允许别人看，也不允许别人拉的。

在我的记忆里，可能是过了三天就出事了。

村办公室外的红砖墙上出现了两张"大字报"。

"大字报"上写老姑作风不正，追求资产阶级生活方式，还有啥"搞破鞋"之类的恶毒言辞。

因为老姑的名字上了"大字报"，政审不合格，没能进城当上工人。

小张老师受牵连，被调到别的学校，干起烧锅炉的活儿。

就在小张老师走的那天晚上，月光冷冷的，半夜三更，老姑穿上她心爱的白上衣和粉裙子走了……

第二天，人们在东南角的沙坑看见了老姑。

可是，她躺在沙坑里，身体已经冰凉，旁边有个空农药瓶子。

她静静地躺着，长长的卷发飘逸，脸上凝固着灿烂的微笑，一点痛苦的痕迹也没有。

她好像没有死，而是在做着一个永远的、幸福的美梦。

# 过 水 面

在我的记忆里，妈妈最喜爱吃过水面。特别是夏天，太阳毒毒的，田园、村落似蒸笼一样，热得叫人透不过气来。

这个时候，如果能吃上两碗井水拔过的手擀面，卤子是新炸的鸡蛋酱，那真是从嘴到心滋滋地凉，有爽遍全身的感觉。

然而，当年农村吃粮靠返销，细粮又少得可怜，如何能吃一顿过水面？妈妈只能在奢望中默默企盼。

有一年夏天，村里大喇叭嗷嗷喊，说是县里领导要来，叫劳力出工把村口大道修一修。

"呼哈"喊了一通，村支书披着中山装走出广播室，到了人群跟前指手画脚一阵："路的边沟清直，上面扬点黄沙。"

说完，他领着两名村干部到我家布置。

我家在村南第一趟街，又是把头，位置显眼，每次上面领导来检查指导工作，一溜达就进了我家院。因此，村干部要先把我家"安顿好"。

支书站在我家院子当中，清清嗓子说："刚接到公社的电话，

202

中午县里领导来咱们村，咱们不能弄砸了，给公社抹黑，要让领导看看社会主义新农村的景象。"

我家兄妹四个，我排行老大，因为穷的原因，已经辍学在家。

"给这帮虎羔子换上新衣裳。"村支书嚷着。

父亲蹲在墙角吭哧一声："哪有哇。"

村支书说："看你那窝囊样。"

父亲把头埋在怀里，不吭声了。

村支书进屋翻找一通，真的没找出一件像样的衣服，只好让随从去村里其他条件稍微好一点的农户家借。

我们哥几个有的穿上了新衣裳，有的穿上了干净的旧衣裳，不管新旧，这些都是村支书安排人去借来的。弟弟鼻子下面像蝴蝶一样的嘎巴儿让妈妈用手巾给擦干净了。

紧接着村支书又叫人把其他农户家的收音机、挂钟、自行车搬来，摆到我家里屋。

这样，我家就成了社会主义新农村的农户代表。

妈妈里里外外忙活着，找个空闲递给村支书一句："穿的、用的都行了。要是一看我家碗架子里尽是大饼子、咸菜，多给你们丢脸呀。"

村支书一拍脑门儿："还真忘了吃的这茬儿，我马上给你们弄几斤面，让你们造一顿过水面。"

面来了，妈妈把面条擀好，切成了筷子宽窄放在盖帘上。鸡蛋酱也炸好了，大锅里的水烧得翻花开。

盼啊，等啊，日头都有些偏西了，连上面领导的影儿也没见着。

我们哥几个肚子饿得咕咕叫，村支书仍不让煮面条，非得让领导亲眼看到我们煮面、吃面的情景不可。

终于望见了。

从南大道腾起一溜灰尘，四五辆绿色吉普车由远至近，"呼呼啦啦"来了。

村支书和一帮劳力满脸堆笑，在我家门口的大道上迎着。

众星捧月一般，从小车上下来的人跟随一个大胖子进了我家屋。

村支书上前介绍情况，大胖子听着、看着，之后满意地握着村支书的手："你们的工作，我感到很惊喜，好哇，好!"

妈妈腰扎围裙忙着煮面条，眨眼工夫一大盆过水面就端进了里屋炕上。

我们哥几个像小猫闻到了腥味，一拥而上，左一碗右一碗，吃得鬓角、鼻头溢出了大颗汗珠。

妈妈和爸爸把贵客送到大门口，俩人端着碗进屋，准备吃过水面。

想不到的是，爸爸只在清汤清水的盆里捞出几根儿面条头，我们一看，傻了眼。

妈妈看到这情景，转身跑到外屋灶坑边，"呜呜"哭起来。

爸爸凑过去劝妈妈，被妈妈指着鼻子数落一顿："你这当爸的够格吗? 孩子连顿面条都吃不够，真是个窝囊废……"

妈妈没能吃上过水面，她自己并不在意，在意的是孩子们没够吃!

一看妈妈伤心地哭，弟弟和妹妹手抹着鼻涕也跟着哭，我的眼泪情不自禁地流下来，心里不住地埋怨自己: 我是老大，应该懂事儿呀！咋忘了给妈爸留两碗？

村支书陪着县里领导又走了几户同样经过布置的家庭。

大胖子临走时拍拍村支书肩膀说："不瞒你说，我们来的目的是走贫访苦，并安排了县里的几家大企业，打算出钱出物帮助穷苦的农民兄弟。叫我高兴的是，你们用不着了，我只好把这些钱物送给其他更需要的村屯。"

村支书听罢，脸一阵红一阵白，不知说啥是好。

过后，连我父母在内，一帮农户骂村支书是王八犊子，说他搞形式主义、摆花架子坑了穷苦老百姓。

几十年过去了，当时是否得到扶贫钱物我并不在意了，然而，妈妈没有吃上她最喜爱的过水面，这是我永远忘不了的。

每当想起这件事，我心里仍不免有丝丝的酸楚。

# 热　炕

　　早先的东北农村，一般农户都住两间泥草房。泥草房分外屋和里屋。外屋是做饭的地方，除了做饭用，还放些农具或其他生活杂物；里屋中间一个过道，分南北两铺大炕。

　　现在人口少的缘故，炕合二为一，通常情况下的设计是靠南窗台一个过道，余下全是炕。

　　大炕一年四季都是热乎的，如果冬天烧些硬点的柴火，像木柈子、豆秸之类，炕头的热度最高，无论是哪家的炕头都有花花搭搭烤焦的痕迹。

　　炕席是多种多样的，有用高粱秸皮儿编的，有用牛皮纸糊的，有用纤维板铺的（刷了清油）。

　　在过去贫穷的日子里，棒劳力在生产队上了一天工，饿得前腔搭后腔，冻得透心凉，躺在炕头上烙一烙，才能凭着这充足的热量恢复体力，缓过精神儿。

　　炕的热量大家都很珍惜，并加以充分利用，一点都不让它白白浪费。尤其是遇到灾年，每口人能分得三百八十斤返销粮，这些返销粮基本是瘪瘪瞎瞎的苞米粒，还湿乎乎的，只好把火炕当烘干机。

白天掀下炕席，苞米均匀地摊在炕上，晚上睡觉前收拾起来，第二天白天再摊上。为的就是将湿粮弄干，去磨坊加工时多出几个米。

炕的功能不是一般的多。淘孩子过冬穿的棉袄、棉裤都是用大人穿过的破旧衣服毁做的，棉衣里儿补丁摞补丁，这给虱子和虮子提供了繁衍生息的条件。

妈妈在我躺下睡觉时，拽去我的棉衣，在煤油灯前抓藏在里面的小动物，可天天抓天天有，咋也抓不净。

愤怒之下，妈妈想出冻死它们的方法。

夜晚，妈妈把我的棉衣翻过来，用炕笤帚猛劲冲着外面的雪地扫一阵，而后把棉衣扔到房上。

早晨，妈妈再把冻了一夜的棉衣取回来，平展地铺在热炕头上，用大被捂上使劲烙。

当我起来穿时，棉衣已是热乎乎的，热大劲儿了，直烫我的肚皮儿。

一次，我把爸爸的湿鞋垫悄悄放在炕头，让热炕将它烙干。早晨起来，爸爸知道了，好感动啊！他双眼露出温情，掀掉我身上的被子，照我的小屁股蛋儿上使劲啃了一口，之后，抱起我使劲稀罕。

爸爸啃得倒是不咋疼，胡楂子戳屁股戳得我心里直痒痒。

我手挠脚刨"咯咯"地在被窝里笑，笑得直打滚儿。

爸爸乐着，双手拄着炕和我顶起了老牛玩。他"哞——哞——哞"，学着老牛的叫声，把我逗得"咯咯"笑。

炕体现着礼节与尊重，如果有亲朋好友来串门，爸爸妈妈就会把客人请到炕上坐，并把烟笸箩推到客人跟前，让客人卷上抽着。可爱的小花猫也会随着烟笸箩的移动蹦蹦跳跳。

炕头当然是一家之主睡觉的地方，我家的一家之主就是爸爸。然而，一旦爷爷或姥爷来我家，爸爸会主动把炕头让出来。其他人就没有这个尊贵待遇了。

白天爸爸去上工了，这才能轮到妈妈当炕头王。她和左邻右舍的婆娘唠嗑，叽叽嘎嘎的，有时说上乐子事儿，她们笑得前仰后合，大腿拍得"叭叭"响，这时的炕头简直成了唱戏的大舞台。

妈妈最烦前院的刘大屁股，她屁股一黏我家炕头就不愿动弹，磨磨叽叽贼能唠嗑，不仅耽误了妈妈干家务，更主要的是嗑儿唠得有股臊气。

刘大屁股又扭扯来了。她是个自来熟，不用人让，一骗腿就上了炕头。不管妈妈有没有兴致，她是满嘴跑火车，什么东家长李家短，什么老母猪拱酱栏子，家雀扑棱房檐子，什么三只蛤蟆六只眼，一顿扯咕。

妈妈一看她没有走的意思，想出一个办法，偷偷往灶坑里填了几块木桦子，这下炕头上苲了，烙得刘大屁股直欠屁股。可能真的是屁股大膘厚，她没咋的的样子，嘴上依然说些妈妈不愿意听的话："你家老爷们儿弄的炕够热度，这要是和你家那口子呼上一觉，那真是瞎子闹眼睛——没治了（好极了）！"

妈妈看她想入非非，有霸占炕头的心思，一来气又往灶坑里填了几块木桦子。

不一会儿工夫，就听刘大屁股"妈呀"一声，一个高儿蹿到

208

外屋地，慌慌张张直喊："不好了，你家炕着火了！"

可不咋的，炕头冒烟了。

妈妈顾不上刘大屁股，舀一瓢水浇在炕头，就听炕头发出"滋滋"的响声，这炕是真够热的了。

第二天，刘大屁股一瘸一拐来向妈妈诉苦："你家炕头睡不得，昨天我坐一小会儿就把屁股烙下一块皮儿，没皮儿那疙瘩直冒油，好疼啊！"

炕，是东北人滚烫跳动的心脏，谁家遇到困难事儿，上级领导来看望、来慰问，东北人会十分感动。

如果来的人双手能摸摸家里的大炕，看是热是凉，这种举动会让东北人感动得受不了。

东北人认为，你那关爱备至的双手温暖了他寒冷的心，抚慰了他心灵的伤痛，他会浑身颤抖，泪如雨下。

炕，温暖了东北人，它火辣辣的热量铸成了每个东北人粗犷豪放的性格。

这种热量使然，东北人的心里总像有一团火。

# 白 儿 马

　　因为放牛看书，丢了一头小牛犊子，我让队长一顿臭骂，这还不算，队长让会计扣罚我半年的工分。

　　我只能打掉牙往肚子里咽。虽说队长与我家有点亲戚，可是，我惹的祸实在太大了，放牛竟然把牛犊子弄丢，那可是公家重要的财产。

　　不说别的，最起码，队长不严肃对待这件大事儿，会让其他人背后说三道四，影响队长的权威。

　　不得已，我又开始跟着其他劳力干"大帮哄"的活儿。

　　春天的农活不外乎种地，种地包括这样几道工序：刨茬子、起垄、点籽、轧磙子。尤其是刨茬子，棒劳力一溜烟蹿出去挺远，我总感觉镐头发滞，浑身累得要散架子，跟在后面望尘莫及。

　　等棒劳力坐在地头的榆树趟子下歇气了，我才气喘吁吁地刨到头，没等喘口气，又开始劳作了。

　　好心人看我实在跟不上趟，建议队长让我去干轧磙子的活儿。

队长开恩，一扬手："去吧，好好干，再干不好，我一脚把你踢家去！"

礤子是用一截圆水桶般粗细的木头做成，四周安上了木框，一匹马拉着，一次能把两根垄轧平、轧实，使土壤保持好的墒情。

我牵着马走，脚穿一双有窟窿的农田鞋，不一会儿就得松开马的缰绳，停下来，脱下鞋，磕抖灌进鞋里的土。马依然拉着礤子径直前行。

此时我才注意到，眼前这匹不住晃头的白儿马（公马叫儿马，母马叫骒马），原来是一个双眼瞎！

它两只凹陷的眼睛流淌着看上去有些发黏的液体，几小撮绿豆苍蝇撅腚在上面起腻。

苍蝇的叮咬，白儿马非常无助，它的头一会儿抖动，一会儿又摇摆，一切都是为了驱赶苍蝇。可是，苍蝇赖在瞎眼睛上起哄，就是不走。

到地头了，我爬上榆树，撅一根儿树枝，手举着树枝在白儿马的前后左右一阵舞动，哄得苍蝇四处逃散。

白儿马仿佛用耳朵听到我为它所做的一切，尾巴甩得老高，头向我拱了几下，并打了两个动听的响鼻儿。

没过几天，我找到了轧礤子的窍门儿：先是撅一根儿一人高的树枝，用小绳绑在礤子的木框上，马一走，礤子一动，树叶就会发出"沙沙"声响，让马觉得我手举树枝，在它后面始终跟着。

白儿马拉着礤子"吱呀、吱呀"往前走，我则转身跑到地头

211

坐着或躺着。

看到马快要到那边地头了，我会从这边地头一溜小跑追赶上，忘不了最先轰一轰叮在马眼睛上的苍蝇。再把马和磙子掉回头，磙子"吱呀、吱呀"向我跑来的方向轧，这样我又可以在那边的地头歇着。

这段难得的空闲，我常想入非非——躺在散发清新气息的草地上，目光透过地表升腾起的气浪，看到近处的树林、村屯和远处连绵起伏的小兴安岭山脉，它们都在滚滚的气浪里抖动，飘浮不定。

蓝蓝的天空在黑油油的土地映衬下，显得那么清洁和辽远；美丽的黄雀钻到蓝天的深处，快乐地盘旋，发出一串串悦耳的叫声……

马的一声嘶鸣，把我从梦中惊醒。

我一骨碌爬起来，手搭凉棚一望：马拉着磙子碾过一条小壕沟，钻进了对面的榆树趟子。

我三步并作两步跑过去，撅树枝，搬磙子，费了好大劲才把夹在树空儿的磙子弄出来。可是，马背却被一根儿大拇指粗的干树枝划出了血。

疼的缘故吧，马背的皮毛不住地抽搐，我的心也跟着颤抖。

我把一块小土坷垃捏成细面儿，上在马的伤口处，目的是给它止血。心里不住地叨咕：马儿别痛苦，你是我的好伙伴。

中午阳光充足，白儿马浑身出了汗。我会牵着它到水泡边，捋一把草，沾了水往它身上撩。

白儿马活泼地直抖鬃毛，甩我一脸小水珠……

春天走了，青苗拱出了垄台儿，远远望去一片片新绿。

轧磙子的活儿干完了，我恋恋不舍地与白儿马分手。分手的时候，我抱着马头，亲了它柔软的、热乎乎的嘴唇。想不到，这竟成了我们的永别。

　　过端午节，队长看劳力干活儿挺辛苦，肚子也没油水，决定杀一匹马，给大家分点肉，改善一下生活。

　　没有选项，只能杀那匹白儿马，因为它是一匹瞎马。

　　分马肉了，家家户户都包马肉馅饺子。

　　我知道，再也见不到那匹白儿马了，心里一阵阵绞痛。

　　妈妈开锅煮饺子，让我剥蒜，我站在一旁没有动。

　　锅里冒出白云一样的热气，我看到的却是一匹白色大马腾空而起，它回头望了望我，随即冲出我家低矮的门框，直奔那蓝色的天际，逐渐与飘动的大朵白云融为一体。

　　即使我看走了眼，也确信那白云里有白儿马的灵魂——

　　一摸自己的脸，两行泪已滚到腮边。

# 换　季

天暖了，厚衣服穿不住身。

建筑工地的包工头终于把上个月的工资发给大家。他假装关心地嘱咐："别乱花，该换季的换季，该寄回家种地的种地。"

丁老汉六十挂零，领着俩儿子出来打工，其实，俩儿子都已结婚成家，钱财上的事由他们各自掌管。工地发工资不是全额发，而是发一部分，余下的年底结清。

老丁家爷儿仨，各自从包工头那里拿到一千块钱。丁老汉掏出自己的一千块钱，从中抽出二百块，把余下的八百块递给大儿子，很认真地说："替我给你娘寄去，你和老二的一千块，要如数寄给媳妇，别抽条。"

显然，丁老汉的意思是，他留下的二百块，爷儿仨买点廉价的衣服换季，其余全部给家。

哥儿俩抽空去了银行，在给家里寄钱的时候，哥哥嘀咕："爷儿仨的花费就二百块？"

弟弟对哥哥说："老爹的盘算一定是这样：咱俩每人按照一

214

百块花销，他又把自己列在计划外了。"

听弟弟这么一说，哥哥抬头望了一眼天，上牙咬住下唇，没有吱声。弟弟又说："哥，你都不知道，爹的旱烟叶没了，这几天，他偷偷捡烟头抽呢。"

哥哥眼圈儿一下红了："别说了，这回，咱们这么办。"

哥俩返回工地，丁老汉问："钱都寄走了。"

大儿子甩了一句词回答："一如既往。"

二儿子点头迎合。

趁一次停工等料的空闲，爷儿仨去逛商场，打算买点便宜衣服换季。在服装区，丁老汉看见一个女孩试一件沙沙的、亮亮的黑风衣，他愣住了。

大儿子问："爹，咋的了？"

丁老汉回过神说："试衣服那个女孩，好像是娟子。"

原来丁老汉还有一个小女儿，名叫娟子，正在老家的县城读高中，身高、脸形和眼前这个试风衣的女孩很像。

丁老汉走上前几步，仔细一看，确认不是自己的小女儿。他虽然有些失落，还是感觉亲亲的。他没有马上离开，而是眼神暖暖地问女孩："多大了？"

试衣服女孩感到莫名其妙，愣愣地回答："十八呀！"

丁老汉反过磨来，忙解释："啊，我小女儿今年也十八，和你长得可像了！她要穿上这件衣服也中看。"

跟在后面的俩儿子明白了老爹的心思，忙凑上前打听风衣的价钱。

售货员说："这是今春给女孩新推的品牌——春韵，厂家正在搞促销，每件三百八十元，优惠价二百八十元。"

爷儿仨跟售货员讨价还价，最后把价格"杀"到二百块。

丁老汉瞅瞅俩儿子，好像在征求意见。俩儿子急了，哥哥一句："买！"

弟弟一句："妹妹十八了，都是大姑娘了，穿上它肯定比刚才那个试衣服的女孩漂亮！"

丁老汉背着手，摇着头，他心事重重地走了几步，扭头一看，俩儿子没动地方。突然，丁老汉返身回来了。

大儿子迎上前，忙说："爹，你都食言一回了，这次就给妹妹买吧！我和弟弟的旧衣服还能穿，整天在工地干活，埋了巴汰的，换啥季呀，我们不换了。"

在村里的时候，丁老汉借钱买了台汽车搞运输，不想车肇事了，亏了很多钱。去年他领俩儿子出来打工，曾对小女儿许愿：如果下个学期她考试考进前三名，奖励一件红羽绒服。

小女儿真争气，一下考了个全学年第一名。可是，家里有一笔饥荒着急还，爷儿仨的工资没了剩余，小女儿的红羽绒服也就泡汤了……

丁老汉还是难以抉择，二儿子等不及了："我去过妹妹的学校，看到那里同龄的学生，顶数她穿得破旧，咱们打工为啥呀！"

丁老汉坚定地从怀里掏出二百块，甩在柜台上，而后两手一摊："那你们哥儿俩就得将就点，这个月别说不能换季，我啥也不能给你们买了。"

哥儿俩几乎异口同声："不买就不买，没啥说的。"

丁老汉心里很复杂，高兴的是给小女儿买了一件好衣服，愧疚的是俩儿子一毛钱东西也买不了了。他再次瞅瞅俩儿子，俩儿子不但没有失落，反倒嘻嘻地笑了。

爷儿仨往商场外走，途中遇到休闲凳。俩儿子相互使了个眼色，冲着丁老汉说："好不容易出来的，爹，你坐凳子上歇一会儿，我俩再去转悠一下。"

丁老汉抚摸着抱在怀里的风衣，撂下一句："快去快回。"

半个多小时后，俩儿子回来了。大儿子拿着一套麻料老年夏装说："爹，夏天工地热，穿上它可凉快了。"

二儿子右手掐着一把金黄的叶子烟说："爹，你对这东西的感情，好像都赛过我娘了。"

丁老汉看看大儿子，又看看二儿子，疑惑地问："你俩哪来的钱？"

大儿子说："上次往家寄钱，背着你，我俩都抽条媳妇一百块。"

丁老汉说不清是喜还是气，骂了一句："这两个兔崽子！"

# 一块剩下的牛肉

年前的一个中午，我来到一家快餐厅。正赶上中午饭口，前来就餐的人很多。靠东侧餐桌旁坐着一位慈眉善目的老人，老人左顾右盼，像等待着什么。

不一会儿，一个瘦弱的中年女子端着一份热气腾腾的牛肉炒饭走了过来，坐在老人身边："妈，你最爱吃的牛肉炒饭。"

显然，老人是瘦弱女子的母亲。母亲说："牛肉味道真香，颜色也好。"

女儿说："牛肉是酱过的，看着就烂乎，妈，咱们快吃吧！"

娘儿俩都穿着黑色旧棉袄，风尘仆仆的样子，也许实在是饿了，大口吃着一个餐盘里的牛肉炒饭。

餐厅里声音嘈杂，突然，娘儿俩相互推让起餐盘里的一块牛肉，因为那块牛肉较大，差不多有火柴盒那么大。

也许是餐厅掌勺的偷懒，少剁了两刀遗留的"后患"，要不，哪来那么一大块牛肉？

女儿把牛肉夹给母亲，还执意往她嘴里送，母亲的嘴却不肯

218

张开，用筷子挡着，肉掉在了饭堆儿里，母亲扒拉给女儿。

盛饭的是一个铁餐盘，那块牛肉一会儿在母亲一侧，一会儿又跑到女儿那边。

餐盘里饭多的时候，那块牛肉并不十分显眼，饭越来越少了，那块肉就格外扎眼了。

刚刚消停一会儿，推让再次开始。女儿用筷子夹起肉往母亲嘴里送。母亲的嘴仍不张开，女儿变了法子，往母亲筷子上夹，母亲的筷子躲闪着，实在躲不过去了，夹住后又放到女儿一边，反反复复，有些影响了邻桌人就餐。

一看母亲不肯吃下这块肉，女儿说："碎肉末儿我吃得多，这大块的你就吃了吧。"

母亲说："块儿太大，不见得烂，我牙口咬不动。"

女儿用一支筷子往牛肉上一扎，一下扎透了，挑起来给母亲看："酱过的，稀烂。"

母亲又说："烂大劲儿了，发腻，我不愿吃腻的。"

餐盘的饭见底儿了，只剩下星星点点的饭粒儿。母亲的筷子夹住粘在餐盘边的蔬菜条，划拉着饭粒；女儿也照着样子做，但都绕过那块牛肉。

母亲放下筷子埋怨女儿："让你吃你就吃呗。"

女儿也把筷子撂下："我吃完了，还是你把它吃了，剩下白瞎了！"

我看到这一幕，受感动的同时也产生了好奇：到底谁能把这块牛肉吃掉呢？

就在我猜测时，意想不到的情况发生了，邻桌的顾客直愣愣地看过来，看得娘儿俩脸都红了。只见娘儿俩各自拿起布兜，转身走了，那块牛肉明晃晃地剩在了餐盘里！

# 妯　　娌

我的父母在乡下，每当空闲时，我常领着妻子回家。

乡下的弟媳一家与父母一起生活，一看我们到了，她成了最忙的人——淘米、择菜、杀鸡、炖肉……

虽然弟媳忙得不可开交，为了不让妻子寂寞，她还主动搭话，说一些家长里短的事儿。

说话唠嗑，表面看，妻子很低调，可是，她的话里话外，明显带一种城里人的优越感。

妻子说一些城里的事情，弟媳因为见的世面少，应对显得"慢半拍"，有时还接不上话。每到这时，她往往用"嘿嘿"笑呼应着。

母亲背后没少说，城里人就是和农村人不一样，你看她嫂子显得多开通精明，而她（弟媳）发木，啥也不懂……

三年前，弟媳看到村里很多人外出做买卖，活心了，也张罗一些钱，进城租了个卖服装的摊床。

一次，弟媳来到我家，与妻子唠了半晌才说出借钱的事儿。

弟媳脸红红地说："多进货便宜，可是，我没有那么多钱。嫂子，能不能借我三千元，等货卖了就还上。"

妻子好一番热情，随即从化妆盒里摸出一沓钱，点了点正好三千元，可她却递给了弟媳两千元，嘴上一个劲儿说："家底全在这儿，要不是你大哥过几天去省城出差，就都给你拿去。"

虽然妻子帮人没帮到底，弟媳依然感激不尽，一再说过后一定报答。

弟媳走了，我问妻子："你看你，弟媳缺三千，你还有三千，给她拿够得了呗，非得耍个小心眼儿。再说了，你是我们单位领导啊？说安排我去省城出差就安排。"

妻子用手一指我脑门儿："你个死心眼儿，住家过日子，谁不留个过河钱？"

可能是弟媳的真诚劲赢得顾客，生意做得红红火火，不长时间就把借妻子的两千元钱还上了，而且还给妻子送上一套价钱不菲的时装。

弟媳全家搬进了城，不仅住进了楼房，还买了一辆小轿车，可谓过上了小康生活。

亲戚走动中，弟媳好像欠下妻子还不完的人情，每次进名牌时装都要特意送妻子一件。

今年春天，妻子工作的国有企业精简，她下岗了。

妻子下岗在家，待了还不到一个月，就像丢了魂似的，那真是与在岗的时候判若两人——精神不振，怨气满腹，还坐卧不安。

我让她到早市做点小买卖，不图挣多挣少，闹个有事做。

她却说："见到熟人咋整？多没面子。"

我说："你还是放不下国企职工的臭架子。"

妻子反驳我："那是臭架子吗？那叫基因！"

我无奈地叹息一声："那你就靠基因活着吧。"

刚入夏，弟媳来串门，她对妻子说："摊床忙不过来，你在家闲着没事，去帮我忙乎忙乎，也好散散心。"

妻子不很情愿地去了，可是，晚上回家，撅下小脸子给我看，还不住地挖苦我："看你弟媳，有两个臭钱烧的，开始支使我了。也不掂量掂量，一个农妇，忘了自己是谁了！"

我没在意她说的风凉话，只是问她："摊床生意咋样？"

妻子用鼻子哼了一声，说："一天少说也挣个三百五百的，这回你弟弟家算是'掏上了'（挣着了）。"

事过不久，弟弟全家来我家串门。弟媳一本正经地对妻子说："在穿戴打扮上你有眼光，货抓得一定比我准。我想把摊床兑给你，你有事做，心情就好了。"

妻子感到很惊讶。

我从她那惊讶的眼神里看出她的疑惑：哪有把挣钱的好事让给别人的，这是真的吗？

弟媳看妻子不相信的样子，接着说："我经商有经验，又找到了新门路，包了一家饭店。"

妻子成了经营服装的小老板，风吹不着雨淋不着，钞票噌噌往兜里进，心情一天比一天好了。

一天起早，妻子非让我陪她逛早市儿不可，我心不在焉地去了。

早市儿人山人海，叫买叫卖好不热闹。

突然，一阵熟悉的吆喝声从旁边新搭凉棚前传来："大馇子、豆腐脑，不好吃不收钱……"

我一看，弟媳扎着小白围裙，戴着小白帽，满面春风地喊着。

面对此情，我心里五味杂陈：弟媳这个人，把好赚钱的生意让给妻子了，自己吃苦遭罪，干不好挣钱的小生意！

妻子看到这场景，先是一愣，片刻，她的目光避开我，转向别处。

我问她："咋了？"

她用手偷偷抹去眼角的泪，躲躲闪闪地说："灰尘迷了眼睛。"

# 真实的谎言

姨丈母娘是个漂亮的老太太，今年虽然已经七十二岁，但是身体尚好，精神头也足。

当姑娘时，她称得上是十里八村的大美女。俗话说，红颜薄命，这句话也印证在了她身上。因姨丈人过早地去世，子女又不在身边，她不得不独自生活。

我和妻子结婚时，没有房子，居住在她的一间屋子里。

她帮我们带孩子，还给我们做现成的饭菜，可以说，对我们像对她自己的孩子一样。

我和妻子对她也特别亲，替她想事儿，也替她张罗事儿。

她年纪大了，搬到市里，住在已经成家的子女附近。

子女抢着接她一起生活，目的是便于照顾她。而她一再说，现在孩子们压力多大呀！自己能走能撂的，舒坦着呢，用不着为她操心。

其实，她是不想给孩子们添麻烦。

也许是与我们一起生活时间长的关系，她愿意来我们家。她说，县城车少，空气好，安静。

为了来去方便，妻子还专门给她配了一把家门的钥匙。

然而，最近一段时间，我们再给她打电话，让她来家住些日子，她不肯答应了，说："我一去，你们趸摸给我做好吃的，还陪我溜达，多麻烦。"

姨丈母娘有一段时间没来了，我和妻子都很想她。

今天早晨，我和妻子去逛早市，出门前，我把妻子的房门钥匙要来，加上我的钥匙，一起放到茶几上，随手关上了防盗门。

妻子疑惑："啥意思？这可是三楼。"

我说："咱们去买点好吃的，赶紧给大姨打电话，就说咱俩忘性大，把钥匙全锁屋里了，让她送钥匙来。"

妻子惊讶："如果大姨有事来不了，咱俩就进不去屋了！"

我不屑一顾："孩儿她娘，一会儿你就明白了。"

走到小区门口，我指着地上的长梯子说："我透过窗户看到它了，已经开了一扇窗户。"

妻子乐了："你太有才了。"

姨丈母娘接到妻子电话，赶紧说："别着急，我这就坐客车去！"

市里离我们居住的县城有十多公里，往返的客车很多，一般情况下，姨丈母娘二十多分钟就能到。

一看姨丈母娘"上套了"，我和妻子心里喜滋滋的。

我们在早市买了韭菜、鲜虾仁，还有小江鱼，这些都是老人的稀罕物。

感觉时间差不多了，我和妻子回到小区，在大门口迎候老人。

225

来了！远远看到姨丈母娘快步走来。

我和妻子相互递了一个眼神，装出着急的样子。我还冲姨丈母娘喊了一声："大姨，你真是救苦救难的活菩萨。"

老人听了我们的赞美声，又看到我和妻子在小区门口等她，露出开心的笑容。

走到近前，她举起钥匙："钥匙拿来了，你们两个，忘性这么大！"

我接过钥匙，一边上楼一边对姨丈母娘说："在关键时刻，您可起了关键性作用。"

妻子也说："您要不来，我俩就得找开锁的，开锁的一来就得花不少钱。"

姨丈母娘神采飞扬："我能走能撂的，咱们不用那个。"

打开防盗门，我拉着姨丈母娘坐在靠茶几的沙发上，她一眼就看到茶几上躺着两串钥匙。

老人更开心了，扭头对我说："我寻思我老了，不中用了，看来还能干点啥。"

妻子坐到大姨跟前，抚摸着她的手说："谁说不中用？您是专门解决大问题的。"

姨丈母娘听了，笑得合不拢嘴儿。

老人的性格我太了解了——年纪大了，能为孩子们做点事儿，比啥都快乐。

# 脸

妻下岗那会儿，家里倒出一间房子，备了一堆饲料，抓了几茬鸡雏，她成了养鸡司令。

每抓一茬鸡雏，都在四百只以上，她一天到晚给鸡拌料、饮水、起粪，累得腰酸腿疼。

看妻这么辛苦，我主动承担起采购饲料的任务。能帮妻一把，她特别开心，一再嘱咐我："别大大咧咧的，采购饲料一定要与人家讲价，讲价，再讲价！"

我这人，有一个最大好处就是听妻的话。

到街里饲料批发商店转悠一圈，又跑到乡下溜达溜达，对比一下，还是觉得去乡下采购饲料便宜。

我在离县城二十多里地的长青村花了一百二十元钱买了两麻袋苞米，回到单位准备雇辆小三轮车去拉。雇辆小三轮车，最多也就花二十元钱。

这件事让单位的同事小李知道了，他赶忙说："你也是坐办公室的人，弄辆小三轮车蹦蹦跶跶多没面子，我帮你求个小汽车，那多气派。"

小李是个热心肠，也是一个好讲面子的人，因为这，他的朋友很多。他用电话联系一个战友，他的战友更是热心肠，满口答应，一定帮这个忙，马上到。

说马上到，可是总也不到。

等车等得我心烦意乱。

小李也很着急，电话一遍一遍地催。

而小李的战友一再说，单位的事儿快处理完了，处理完马上到。

快到中午了，小李的战友终于开车来了。

我和小李坐上小车，直奔乡下而去。

坐小车下乡确实很风光，也很有面子，村民看了那是相当羡慕。

苞米很快装上车，眨眼就拉到了家。此时已到了中午吃饭的点儿。

妻高兴，满面春风地张罗买酒、炒菜。

我想：满院子都是鸡粪味儿，客人能吃好吗？都是讲究人，我也得讲究一点儿，干脆，不差一顿饭钱。

我领着他们去了街里一家小饭店，点了四个菜。刚喝几口，小饭店又进来一伙人。

小李认识这伙人，赶忙与其打招呼。

在打招呼的时候，小李说："来，一起喝点得了。"

我当时想，小李见到熟人只是客气客气，象征性地让一让而已。想不到，他一看来人真有一起喝的意思，一个劲看我的眼色。

看我眼色的目的我明白，就是征求我点头，给他面子。

我觉得小李帮了我一个大忙，面子必须给足。想到这儿，我站起来张罗："都不是外人，必须一起喝。"

为了表示心诚，我又点了几个菜。后来的一伙人坐下，一再表示感谢。

我脸上虽然蛮高兴的样子，心里却想：完了，这下赔了！

为了不让大家猜测到我的心思，我一个劲儿说："拉苞米只是个由头，朋友聚一聚，加深感情才是真正的目的，赶上了就是缘分，为了这个缘分，干一杯。"

酒足饭饱之后，一结账，吉祥数——三百八十八（元）。

妻养鸡不容易，两麻袋苞米才一百二十元，求车运回来竟花了三百八十八。这还不算，不管咋说，小李的战友是无偿帮助我，我还欠下好大一个人情。

我喝完酒回家，左邻右舍都当妻夸我："你老公真行，买点饲料小车给送到家，你家养鸡就等着发财吧！"

我心想：就我这打肿脸充胖子的人，不把妻赔进去就烧高香了。

晚上睡觉，妻洗漱完钻进我被窝，她搂着我的脖子狠狠亲了一口："老公，你太有面子了！"

我强装镇静："你老公还说啥，不仅拉苞米没花运费，就连喝酒都是朋友掏的腰包。"

妻说："看来，咱家养鸡对了，你说是不？"

我说："对对对，太对了！"

# 夺命鸡腿

年过八十岁的王老太有两个儿子，大儿子叫大奎，住在望江村；二儿子叫二奎，住在江兴屯。两个村屯距离三里多地，中间隔着一片苞米地。

大奎妻子常年有病，生活条件差，王老太怕给大奎家添累赘，住在生活条件好一点的二奎家。

虽然她在二奎家住，可是"身在曹营心在汉"，心里总惦记着大奎，因为大奎没摆脱贫困，她一直放不下。

一天中午，江兴屯有一家办喜事，沾点亲戚的缘故，事主特意请王老太去坐席。

上菜的时候，与王老太坐在一张桌上的年轻人出于礼貌，先把一只烧鸡的鸡腿夹给了她。她流露出感激的目光，可她没舍得吃，努努嘴儿咽了口吐沫，从兜里掏出一个皱皱巴巴的塑料袋儿，把鸡大腿装了进去，而后塞进怀里。

王老太离开酒席，步履蹒跚，直奔三里地之外的大奎家。

她心想：这次，一定要看着大奎把鸡大腿吃了。上次她给大奎送去半拉猪蹄，他没舍得吃，只啃了一小口，就让给了大儿媳……

王老太走了一段路程停下脚，寻思开了：走大道，车来人往，不仅不安全，而且道远，还是横穿苞米地的小道近便。

苞米地被大雪覆盖了，远远望去白茫茫一片，仿佛与天边相连。不知走了多长时间，王老太突然意识到自己迷路了。

她实在走不动了，靠在一堆儿苞米秸秆上休息，休息的时候睡着了。她做了一个梦，梦见大儿子把鸡大腿全吃了，吃得嘴丫子挂着油……

当天，二奎没看到娘来家，以为住在了办酒席的亲戚那里。

第二天，他去亲戚家找，没找到。

经过打听，有人告诉他："看到你娘往苞米地那里走了……"

二奎望一眼空旷的苞米地，心里一紧。他跑到哥哥大奎家，大奎说："娘根本没来过。"

这下，哥儿俩急了，判断娘出事了，赶紧去苞米地仔细寻找。

找到了，娘蜷缩在一堆儿苞米秸秆里，脸上、衣服上挂着一层霜花，身体已经僵硬了，然而，脸上却凝固着笑容。

大奎和二奎弄不明白，娘为啥来这苞米地？不来这苞米地就不会被冻死！

当大奎给离去的娘换寿衣时，发现娘的怀里有一只鼓鼓的塑料袋儿，打开一看，他明白了，大叫一声："娘——"

# 实　话

　　我同一办公室的老李脑瓜灵活。一次他和我说："咱们单位闲人多，更不差我一个。市里报社一位朋友承包了广告部，我去帮一阵忙，挣两个抽烟喝酒钱。"

　　我在手下眼中，不像是这个科室的领导，倒像个热心肠的小老弟。老李年龄比我大得多，工作上也不便支使，他到外面兼个职、挣点外快也不是件坏事。

　　想到这儿，我对老李说："行，上面领导一旦过问，我给你打圆场，就说你被市里相关部门借调一段时间。如果有事我摆不平，就叫你回来顶几天，过后你再去。但有一条，挣钱别忘了请我们喝酒。"

　　一晃好几个月过去了，几次照面，老李有了明显的变化：抽烟由十元的"紫云"改为二十三元的"大云"了，衣裳也混上了名牌。

　　每次见面，同事们都关切地问他在外面混得咋样。

　　老李总是嬉笑一阵后叹息："唉，马马虎虎，就是钱难挣啊！"

　　同事们很是失望，当我面唠叨："你看老李，出去两天半就变了，他挣多少钱我们也不眼热，我们想听一句实话都这样难！"

　　套不出老李的实话，大家把希望寄托在我的身上，毕竟我是老李的顶头上司，我要是问他，他说假话也得寻思寻思。

　　一天晚上，突然接到老李请我喝酒的电话。我心里美滋滋的，老李还没有把我这个顶头上司当猴耍。

　　我到场一看，酒桌前已围了老李五六个圈内朋友，并已到了酒过三巡、菜过五味的程度。老李双眼惺忪，好顿给我戴高帽。

　　他夸我有领导才能，赞美我对老同志关照有加。

　　我虽然当面不让老李多说这些好听话，但是，心里还是觉得挺舒服。

　　一杯酒再次下了老李的肚，他非常自信地说："在单位，王主任是我的领导，八小时之外我是他大哥……"

　　我点头应和。老李接着说："我什么时候喝酒，都是老弟买单。俗话说得好，三人同行，小弟受苦嘛！"

　　众人向我投来敬佩的目光。我当时也没在意，心想：老李只不过在朋友面前显摆一下而已，账单不可能让我来买。

　　叫我想不到的是，酒席散后，老李和朋友纷纷走了，真的给我留下来买单。

　　我不是心思地追到外面，问正在墙根儿解手的老李："你真让我给你买单？"

　　老李嬉笑着说："不瞒你说，出门时换衣服，钱包忘带了。"

　　我自认倒霉，决定替老李买单。突然，想起同事让我探摸老李实话的事儿，于是，我问老李："饭店的账单我可以替你买，你能不能当我说句实话，你到外面到底挣了多少外快？"

老李系上腰带，贴我耳边神神秘秘地说："主任，千万别怪我，这年头我跟我亲爹亲妈都没说过实话。"

我很是气愤："这人，到外面混两天咋变成这样！"

第二天上班，同事们围住我问："听说老李请你喝酒了，你套出来他的实话没？"

我只能打掉牙往肚里咽，实话实说："老李真是太不像话了，他对我更是没个实话。"

同事们追问："对你这个顶头上司，他是咋说的吧？"

我叹息一声："他不可思议地竟当我面说'这年头，我跟我亲爹亲妈都没说过实话'。你们说，他说的这是人话？！"

同事们大喜："还别说，这句，真是老李的大实话！"

# 空白礼账

  驻村扶贫工作队队长刘越和王支书一前一后走着，俩人看完村东头的庄稼，转身往村里走。

  走在前面的王支书扭头对刘队长说："听说你不想办学子宴？"

  刘队长笑了笑说："你听谁说的？"

  王支书说："反正我听说了。嗨，上面不让办，那是要求。年年要求，下面年年都没少办，想点应对办法就是了。桌，咱们一次不多摆，就摆四桌，有些人就是这么干的。礼尚往来的事儿，都能理解。"

  没等刘队长说话，王支书接着说："这件事儿不必你出头，我这个村支书和村主任，还有村会计帮你张罗就是了。"

  刘队长说："我说王哥呀，你比我多吃几年咸盐，脑瓜灵着呢！"

  同样，没等王支书说啥，刘队长接着说："以前真不想办了，这两天我又改变主意了。不仅要办，而且要办好。我想好了，在咱们村办一办。"

王支书竖起大拇指，连连称赞："高，实在是高。你比我小好几岁，智商比我高多了。"

俩人进了村，刘队长去了村办公室，王支书去了村主任刘爽家，恰巧孙范会计也在。

王支书把刘队长要在村里办学子宴的事儿说了。刘爽点点头说："人情关难过呀！驻村扶贫工作队队长也是凡夫俗子。"

孙范插话："他可不是凡夫俗子，他多奸哪！看到没，他这是采取游击战术，把学子宴挪到乡下，多会规避风险。"

刘队长是县里某局的一名副局长，去年年末驻村扶贫，他在村里结交了一帮"穷亲戚"。今年高考，他的宝贝女儿平平考上了一所名牌大学，很多村民都想借此机会向他表达一下心意。

得到准信儿了，王支书、刘主任和孙会计分头通知了村民，让大家准备好礼份子，等刘队长摆学子宴的时间确定了，再通知。

刘队长摆学子宴的时间定在八月初的一个星期天，地点就在村办公室。

这天早晨，村办公室门前摆放了十多张桌子，桌子上有瓜果梨桃，还有茶水。刘队长迎候着一拨又一拨涌来的村民。

有的村民往刘队长手里塞钱，刘队长说："都先揣着，一会儿我拿礼账再说。"

有的村民疑惑："咋没看到酒菜？"

不乏揭谜底的人："能在这小地方办酒席？保准在这里集合，之后用车拉着大伙去隐蔽的地方吃大餐。"

一看人来得差不多了，刘队长说："感谢大家前来捧场，谢谢！"

刘队长的女儿平平走上前，向大家鞠躬，表达谢意。

"这孩子真懂事，长相也带劲……"夸赞声此起彼伏。

刘队长从桌上拿起红色账本，举过头顶对大家说："今天来了这么多老少爷们儿，和大家说几句掏心窝子话。这是一本礼账，现在还空着，我想让它一直空着。如果礼账上留下墨迹，我就成了有污点的党员、有污点的干部。我想做个清清白白的党员、清清白白的干部，大家支持我吗？"

大家听罢，先是一愣，而后交头接耳呛咕起来。

刘队长接着说："我是驻村扶贫工作队队长，从我做起，今后咱们村的党员，还有村干部，就没有摆学子宴这一说了！"

雷鸣般的掌声响起！

# 一 盒 药

早上起床，顿感浑身奇痒无比。

穿上鞋拖跑到镜子前一照，发现前胸后背全是包，包有大有小，有的连成了片。用手一挠，红肿起来，痒没止，反倒有所加重。

这是得了啥怪病？打开手机，百度这么一搜才知道，这是荨麻疹的症状。

顾不上吃早饭，跑到楼下，去药店买药。

我问年轻售货员："有治荨麻疹的药吗？"

年轻售货员："有，好几种呢，你买哪种？"

我说："哪种治疗效果好，买哪种。"

年轻售货员："当然价格越贵，效果越好。"

在售货员的建议下，我买了一盒三十八元的药。

手里拿着药，刚回到小区门口，碰到了邻居李阿姨。

与李阿姨唠了几句嗑，当她了解我患上荨麻疹时，赶忙说："你可别瞎买药，最好让医生看看再买，以防吃出毛病。"

李阿姨还说，附近刚开一家药店，有医生免费坐诊，你去看看。

按照李阿姨说的，我把药放到家里，去了那家有坐诊医生的药店。

这家药店分一二楼，一楼卖药，二楼是坐诊医生的办公室。

医生是一名六十多岁男子，身体瘦弱，但显得稳重。他对我的全身检查一番，把了把脉，用听诊器听了听前胸，之后给我开了药方。

我拿着药方下一楼买药，售货员给我拿一小瓶药，非常普通的裸瓶，不像之前买的三十八元那种药，密封考究，包装精良。

交钱的时候，我大吃一惊，因为售货员只收了我一块七毛钱。

我当时就产生怀疑：这么便宜的药能有效果吗？

售货员看出我的顾虑，送上一句："吃吃看，这个医生不乱开药。"

我心里说：那我就相信一次。

回到家，打开药瓶，拿出四粒最普通那种小药片，按照说明书上写的服用。第三天，我浑身的包就消了，荨麻疹痊愈了。

从此，不光是我自己，包括我的家人和亲朋好友，凡是买药，我都让他们去那个有瘦弱医生坐诊的药店。

不长一段时间，有瘦弱医生坐诊的药店火了，老百姓买药排起了长队，而附近的其他药店不是关门，就是改行了。

通过这件事，我悟到：在商道这场牌局中，"善"是"王炸"，是终极决断！

# 系 鞋 带

大礼拜，我和女儿去逛街，她突然看到迎面走来一位老人的鞋带开了，显然老人没发觉，依然步履蹒跚地前行。

女儿停下脚步，对老人说："老大爷，您的鞋带开了。"

老人看见有人和他说话，停住了脚步，大声问女儿："你说啥？大点声！"

不用多想，老人是年纪大了，耳朵背，没听清女儿的好心提醒。

女儿没有再说什么，向老人近走几步，蹲下身，认真把老人的鞋带系好。

这时候，老人明白了，冲女儿连连点头，以这种方式表达他的谢意。

一旁的我，看到女儿这样的举动，心里热乎乎的，心想：女儿长大了。

女儿与老人摆摆手，老人并没有马上走，而是目送着我和女儿。

我高兴，当然自己高兴，也替女儿高兴，我问女儿："你帮老人系鞋带，当时咋想的？"

　　女儿说："没咋想啊！也不对，在给老人系鞋带的时候，我倒是想了，我想到，等我爸岁数大了，他的鞋带走上街开了，能有人帮着系吗？"

# 没　人

　　我新买了一台车，拉上妻子到处显摆。

　　昨日去了乡下的大舅家，大舅围着车转了两圈，小心翼翼地摸摸车："这得多少钱哪！"

　　我说："不多，二十多万。"

　　大舅一听，激灵一下："这么贵的家伙，可要小心，千万别磕着碰着。"

　　我不以为然地说："不能，我开车技术好着呢。"

　　吃完饭，我和妻子要回市里，大舅和大舅妈，还有表弟、表妹送出门口。

　　我坐在车的正驾驶位置，妻子坐在副驾驶的位置。我拿出派头对妻子说："看看后面有没有人，没人我好倒车掉头。"

　　妻子把头探出车窗，仔细看了看说："没人。"

　　我挂上倒挡，放心大胆地一脚油门，就听车后"咣当"一声。

　　妻子吓得脸色煞白，不知所措。

我也早蒙圈了，赶紧下车，转到车后一看，车屁股撞在了电线杆子上。电线杆子倒是没咋样，而车的后保险杠撞碎了，这是新车呀！别提我多心疼了。

我责怪妻子："让你看后面，让你看后面，你是咋看的？"

妻子缓过神来，满嘴是理："你倒是让我看后面了，可是你让我看后面有没有人，也没让我看后面有没有电线杆子呀！"

我一时无语，抬手扇了自己一记耳光。

# 亲家的礼物

我和妻子在城里与丈母娘一起生活。

一日休息，我要去乡下看望母亲。丈母娘知道后，特意去大超市买来一兜藕片，让我捎给她的亲家母。

我对丈母娘说："捎它干啥，乡下不像以前了，现在啥都不缺。"

丈母娘说："南方的藕片是稀罕物，我去过乡下，那里还真没有。"

来到乡下的老家，我把藕片递给母亲，一再说："这是你的亲家母特意给你捎来的，叫藕片，是健康养生的东西。"

母亲翻看了一番，一撇嘴说："啥藕片？这不就是土豆片抠了眼儿吗？农村一天忙个要死。你看城里人闲的，在土豆片上抠眼儿玩，上哪说理去？"

我一听这话，笑得肚子生疼，对母亲说："对你这样的人呀，还真没地方去说理。"

# 吃　大　虾

　　小李正在公司上班，突然接到妻子电话："老公，晚上下班早点回来，我给你蒸大虾。"

　　听罢电话，小李乐得嘴都快咧到耳朵根儿了，心里合计：妻子向来小抠，今天太阳从西边出来了，竟然蒸大虾？

　　晚上下班，小李早早回到了家。妻子乐颠颠从锅里端来半小铁碗虾米，送到小李面前："吃吧，还热乎呢，清蒸大虾。"

　　小李瞅了瞅碗里的虾米，愣住了，他皱着眉头问："你家大虾就是这个呀？"

　　妻子早有准备，她顺手拿过一个高倍放大镜，往小李跟前一放："你拿这玩意照着吃，看看是不是大虾。"

　　小李用高倍放大镜一照，埋怨道："媳妇，你太败家了，这半铁锅大虾你一次都给蒸上了？不能多匀几顿吃呀？"

**图书在版编目（CIP）数据**

八十一枚金币／王智君著. — 北京：中国文史出版社，2020.4

（跨度小说文库）

ISBN 978 - 7 - 5205 - 1748 - 5

Ⅰ．①八… Ⅱ．①王… Ⅲ．①短篇小说 - 小说集 - 中国 - 当代②小小说 - 小说集 - 中国 - 当代 Ⅳ．①I247

中国版本图书馆 CIP 数据核字（2019）第 268985 号

责任编辑：牟国煜

出版发行：**中国文史出版社**

社　　址：北京市海淀区西八里庄 69 号院　　邮编：100142

电　　话：010 - 81136606　81136602　81136603（发行部）

传　　真：010 - 81136655

印　　装：廊坊市海涛印刷有限公司

经　　销：全国新华书店

开　　本：720 × 1020　1/16

印　　张：16.25　　字数：171 千字

版　　次：2020 年 4 月第 1 版

印　　次：2020 年 4 月第 1 次印刷

定　　价：56.00 元